『열국지』 읽기

세창명저산책_079

『열국지』 읽기

초판 1쇄 인쇄   2020년 12월 23일
초판 1쇄 발행   2020년 12월 30일

—

지은이   최용철
펴낸이   이방원
기획위원   원당희
편 집   정조연·김명희·안효희·정우경·송원빈·최선희·조상희
디자인   손경화·박혜옥·양혜진   **영 업**   최성수   **마케팅**   이예희

—

펴낸곳   세창미디어

　　신고번호 제312-2013-000002호 **주소** 03735 서울시 서대문구 경기대로 88 냉천빌딩 4층

　　전화 723-8660 팩스 720-4579 **이메일** edit@sechangpub.co.kr **홈페이지** http://www.sechangpub.co.kr

　　블로그 blog.naver.com/scpc1992 **페이스북** fb.me/Sechangofficial **인스타그램** @sechang_official

—

ISBN   978-89-5586-643-8   02820

ⓒ 최용철, 2020

이 도서의 국립중앙도서관 출판예정도서목록(CIP)은 서지정보유통지원시스템 홈페이지(http://seoji.nl.go.kr)와
국가자료종합목록 구축시스템(http://kolis-net.nl.go.kr)에서 이용하실 수 있습니다.(CIP제어번호: CIP2020052267)

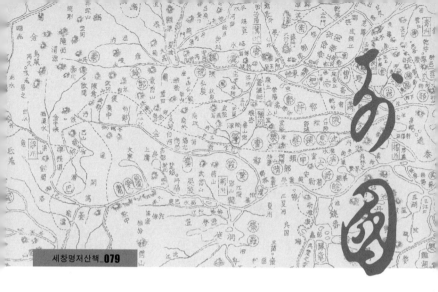

세창명저산책_079

『열국지』 읽기

최용철 지음

세창미디어
MEDIA

　중국 소설을 오랫동안 읽고 연구해 오면서 늘 생각하는 것은 이른바 소설적 진실이라는 화두다. 소설 작가는 언제나 자신이 접하였거나 경험한 역사적 사실을 소설 속에 녹여 내면서 등장인물을 그 시대의 상황 속에서 생생하게 살아 있는 모습으로 형상화하고 이야기의 전개를 문학적·예술적으로 승화시켜 독자들에게 감동과 교훈을 준다. 필자는 명대의 사대기서와 청대의『홍루몽』을 연구하면서 작가가 소설 속에서 그리고자 하는 진실의 모습이란 어떤 것일까 하고 늘 관심을 가지고 지켜보았다. '오대 명저 소설'이라고 부르는 이 다섯 작품 중에서 송·원 시대 강사화본의 과정을 거쳐 점진적인 과정을 밟아 발전된 작품은『삼국지』,『수호전』,『서유기』이다.

　그중에서도 역사적 사실을 충분히 활용하면서 소설적 진실을 가장 잘 융합시켰다고 일컬어지는『삼국지』의 모습이『열국지』의 상황과 가장 닮아 있다. 두 작품은 역사 연의 소설이라는 동일한 유형이다. 서명도 단 한 글자의 차이가 난다. 세 나라 이야기와 여러 나라 이야기의 차이다. 작품이 온전한 장편 소설로 형성되는 과정에서도 매우 유사한 길을 걷고 있다. 역사상 등장하는 수많은 인물과 사건이 그려지고 시간의 추이에 따라 역사의 길을 걸어가며 한 나라의 흥망성쇠를 비롯하여 개인의 영광과 오욕의 과정까지 그려 낸다.

그러나 두 작품 사이의 차이도 적지는 않다.『열국지』의 역사는 너무 길고 명멸하는 제후국의 나라는 너무 많으며 수백 년의 변천 속에 등장하는 인물은 너무나 다양하다. 춘추 전국 시대 역사 속에서 한두 명의 핵심 주인공을 만들어 내기는 쉽지 않으며 소설의 서사는 그냥 물 흐르듯이 역사의 흐름에 맡길 수밖에 없다. 상대적으로 역사적 사실의 비중이 높은 편이지만『열국지』는 궁극적으로 천생 이야기꾼이었던 소설가 풍몽룡에 의해 풍부한 이야기 세계를 구축하였다.

필자는 1995년 11월 12일에 가지고 있던 원전『동주열국지』의 속표지 여백에 다음과 같은 내용을 중국어로 적어 두었다.

"지난해 녹두탑으로 옮겨 온 이후, 매일 두어 시간을 집중하여 소설의 원전을 읽겠다는 결심을 하게 되었다. 지난 10여 년 동안 손을 놓지 않고 있던 『홍루몽』 이외에 최근 흥미가 생긴 것은 바로 중국 역사 소설이다. 그것은 이 분야에 젊은 연구자들의 관심이 적은 것도 하나의 원인이 되겠지만, 역사 소설은 일반 독자들이 지대한 관심을 갖고 있는 분야라는 점에서도 마땅히 이를 깊이 연구하여 전문가로서 대중을 인도할 수 있어야겠다는 생각 때문이었다. 그리하여 먼저 선정된 작품이 바로 이 『동주열국지』다. 바라건대, 열심히 읽고 연구하여 좋은 결과가 있기를 기대한다."

이는 필자 자신을 격려하고 고무하기 위한 작은 기록이었지만 지금 읽어도 새로운 느낌으로 와닿는다. 녹두탑은 고려대 문과대학 건물의 별칭이다. 그때는 고대로 옮겨 부임한 지 둘째 해여서 야심찬 연구 기획을 추진하고 있을 때였다. 모든 계획이 생각대로 이루어지지 않는 것처럼 그 후 이 책을 열심히 읽지도 못하고 20여 년이 훌쩍 흘렀다.

2016년, 세창미디어에서 특별히 필자에게 연락을 주어 『열국지』를 읽기 위한 해설서의 집필을 요청했을 때 반가운 마음으로 약속을 하고 계약을 맺은 것은 앞서 자신과의 약속을 지킬 수 있을 것이란 희망 때문이었다. 이에 더욱 본격적으로 역사소설과의 깊은 인연을 이어 가겠다고 마음먹었지만, 이때 동시에 진행되던 『사대기서와 중국문화』로 인해 시간이 넉넉하지는 않았다.

시간이 걸리더라도 쉬지 않고 부지런히 걸어가다 보면 산의 정상을 오르는 것처럼 마침내 『《열국지》 읽기』를 끝낼 수 있게 되어 오랜 숙원이 해결된 느낌이다. 그동안 은근하고 끈기 있게 기다려 주신 세창미디어에게 깊은 고마움을 표하며 독자 여러분들이 이 책을 통해 『열국지』와 좀 더 가까운 만남을 이루게 된 점을 기쁘게 생각한다.

2020년 10월 연홍헌研紅軒에서

최용철崔溶澈

머리말 · 4

프롤로그 · 13

    1. 『열국지』는 어떤 소설인가 · 13

    2. 『열국지』의 파란만장한 이야기 · 16

    3. 『열국지』의 소설적 전개 · 20

1장   **『열국지』의 형성과 변천** · 25

    1. 『열국지』의 서명 변천 · 25

    2. 『열국지』의 형성 과정 · 27

    3. 강사화본과 평화오종 · 28

    4. 여소어의 『열국지전』 출현 · 31

    5. 풍몽룡의 『신열국지』 편찬 · 33

    6. 통속 문학의 대가 풍몽룡 · 35

    7. 채원방의 『동주열국지』 간행 · 36

2장   『열국지』의 시대 배경 · 39

    1. 춘추 전국은 어떤 시대인가 · 39

    2. 춘추 전국 시대의 명명 · 44

    3. 『열국지』의 시기 구분 · 48

3장   『열국지』의 내용과 분석 · 51

    1. 『열국지』의 내용 · 51   2. 『열국지』의 분석 · 57

    3. 『열국지』의 플롯 · 63   4. 『열국지』의 연원 · 66

4장   『열국지』의 춘추오패 · 71

    1. 인물의 유형 · 71

    2. 존왕양이를 내세운 패권국 · 73

    3. 제 환공 — 춘추 최초의 패자 · 74

    4. 진 문공 — 대기만성의 군주 · 82

    5. 초 장왕 — 세상을 놀라게 한 임금 · 88

    6. 진 목공 — 부국강병을 꾀한 준패자 · 92

    7. 송 양공 — 패권을 지향한 소국 제후 · 97

    8. 오왕 합려 — 초나라를 이긴 패자 · 102

    9. 월왕 구천 — 와신상담으로 승리한 패자 · 105

5장   『열국지』의 전국칠웅 · 111

    1. 진나라 · 112   2. 제나라 · 114   3. 위나라 · 117

    4. 초나라 · 119   5. 조나라 · 123   6. 한나라 · 125

    7. 연나라 · 126

6장   『열국지』의 여성 인물 · 131

    1. 천금으로 웃음을 사도록 한 포사 · 132

    2. 제후를 문란하게 한 선강과 문강 · 135

    3. 나라 망하고 웃음을 잃은 식부인 · 139

    4. 욕심으로 나라를 어지럽힌 여희 · 143

    5. 춘추 시대 초강력 스캔들의 하희 · 145

    6. 직언으로 왕비가 된 추녀 종리춘 · 149

7장   『열국지』의 제도와 문화 · 155

    1. 봉건 제도의 시행 · 156   2. 작위의 다섯 등급 · 158

    3. 종법 제도와 적서 구분 · 160   4. 예악의 형성과 붕괴 · 163

    5. 효의 문화 전통 · 166   6. 경천 사상과 덕치 · 168

    7. 인물의 성명과 자호 · 170   8. 여성의 이름과 칭호 · 174

    9. 사후에 붙이는 시호 · 177

8장 『열국지』의 정치 전략과 사상 · 185

 1. 백가쟁명의 사상 · 186 2. 공자와 유가 · 187

 3. 노자와 도가 · 189 4. 묵자와 묵가 · 192

 5. 상앙과 법가 · 193 6. 종횡가의 유행 · 199

 7. 병가의 부국강병 · 202

9장 『열국지』의 고사성어 · 209

에필로그 · 251

참고문헌 · 255

프롤로그

1. 『열국지』는 어떤 소설인가

『열국지』는 춘추 전국 시대의 역사적 인물과 사건을 그려 낸 역사 연의 소설이다. 소설 『삼국지』와 마찬가지로 이미 송·원 시대의 설화에서부터 인기 있는 소재였으므로 형성 과정의 역사가 길다. 명나라 때 『열국지전』이 나오고 후에 『신열국지』가 완성되면서 108회본의 최종본이 이루어졌다. 청나라 때 이 책에 평점을 가하면서 『동주열국지』라고 개명했는데 오늘날까지 그 이름을 널리 쓰고 있다.

『열국지』의 이름은 여러 나라의 이야기를 기록한 소설이란 의미이지만, 원초적인 발상을 추적하면 분명 『삼국지』와 관련이 있다. 『삼국지』는 진수의 역사서를 의미하는 것이지만 『열국지』라는 역사서는 없다. 『열국지』의 나라는 모두 제후국이다. 춘추 시대에는 수많은 제후국이 있었고 이들 중에서 패권을 잡은 몇몇 나라가 주周나라의 왕을 받들어 모시고 이적을 물리친다는 기치를 내걸고 약소 제후국을 거느리고 질서를 유지하고자 했다. 그러한 패자를 '춘추오패'라고 불렀다.

전국 시대에는 약소 제후국이 모두 멸망되거나 합병되고 거대한 영토와 힘을 가진 일곱 나라가 남았는데 이를 '전국칠웅'이라고 하였다. 이들이 치열한 생존 경쟁을 벌이다가 최후에 진秦나라가 남아서 통일을 이루게 되었다. 이때 비로소 제후국은 사라지고 진시황에 의하여 통일제국이 등장하였다. 훗날 한漢나라로 이어지고 다시 무너진 한제국에 이어 세 나라로 갈라져 각각 황제를 칭한 『삼국지』와는 '나라國'의 개념이 같지 않았다고 할 수 있다.

『열국지』는 역사를 소재로 하지만 소설이므로 역사적 사실을 그대로 전해야 하는 역사서와는 다를 수밖에 없다. 소설적 편집과 허구적 묘사가 추가되어 재미를 추구하는 것은 역사 연의 소설의 본연의 길이다. 그러나 또한 역사 소설이므로 완전히 역사로부터 독립적일 수는 없다. 『열국지』와 『삼국지』는 여러 가지 방면에서 서로 비교가 된다. 같은 역사 소설이지만 서로 다른 역사적 배경과 창작 의도를 갖고 있다.

『삼국지』의 역사는 전후 백 년을 넘어서지 않으므로 비교적 압축적으로 그릴 수 있고 주요 인물의 등장과 활약의 양상을 수십 회 이상 그려 나갈 수 있어서 독자들의 집중력을 오래 잡아 둘 수가 있다. 『열국지』는 이에 비하면 전후 550년의 춘추 전국 시대를 모두 다루어야 한다는 점에서 결국 징검다리와 같이 시대를 건너뛰면서 역사상 부각되었던 사건과 인물을 다루고 지나간다는 특징을 보이고 있다. 사실 이는 모든 역사 소설의 특징이기도 하다. 어느 한 시점이나 한 인물을 주인공으로 삼을 수 없다는 점을 지적하는 것이다.

그래도 소설 『삼국지』에서는 촉한 정통론이라는 핵심을 하나의 기본 틀로 삼아 유비와 관우, 장비의 도원결의를 시작으로 조조의 위魏나라와 손권의 오吳나라를 막아 내고 이들과 대결하기 위하여 제갈량의 활약상을 보여 주는 것으로 집중력을 모으고 있어 소설의 가독성을 높이는 데 성공하고 있다. 그리고 바로 그것이 역사 『삼국지』와 소설 『삼국지(연의)』의 결정적인 차이라고 할 수 있다.

『열국지』에서는 춘추 전국 시대의 역사적 사실을 『춘추좌전』, 『사기』, 『전국책』 등으로부터 다양하게 채용하였으며 역사상 유명한 사건과 에피소드를 최대한 수집하여 적절하게 요소요소에 배치하였다. 간혹 부분적으로는 당시 사회적 분위기를 전하는 신비적인 묘사도 있지만 대체로 합리적 역사 소설의 기조를 따르고 있으며 전쟁과 사건의 전후 맥락을 분명히 파악하여 전달하고 있고 인물의 특징적인 묘사와 대화를 담아내고 있어 살아 있는 생생한 소설로서 성공하고 있다. 이는 분명 『신열국지』의 작가인 풍몽룡의 작가적 능력에 힘입은 것으로, 소설가로서의 그의 역량이 『열국지』의 성공을 담보할 수 있었다고 평할 수 있다.

2. 『열국지』의 파란만장한 이야기

우선 궁금한 독자들을 위하여 『열국지』의 줄거리를 간략하게 살펴보기로 한다. 주나라가 서울을 동쪽인 낙양으로 옮긴 이후부터를 춘추 전국 시대라고 부른다. 『열국지』는 평왕平王이 낙읍(낙양)으로 도읍을 옮기게 되는 배경을 그리기 위해 주나라 선왕宣王 때의 이야기에서 시작한다. 이때 등장한 미녀 포사가 그다음 왕인 유왕幽王의 애첩이 되어 정사를 망치게 되고 결국 견융의 침공을 끌어들여 도읍인 호경이 함락당하고, 도망가던 유왕은 잡혀 죽임을 당하게 된다. 제후들의 도움으로 즉위한 평왕은 서쪽 오랑캐[서융]의 침공이 두려워 폐허가 된 호경을 버리고 동쪽의 도읍으로 천도한다. 여기까지의 『열국지』 3회 분량은 전체 소설의 서두에 해당한다.

이때부터 주나라의 권위는 점점 약화되고 왕을 도운 제후들의 세력은 점점 커져만 간다. 그래도 제후들은 서로 자신의 세력을 키워서 왕을 보위하고 이적을 막아 낸다는 명분으로 다른 제후들의 위에 군림하고자 했다. 이를 존왕양이尊王攘夷라고 하는 것이다. 처음에는 주나라 왕기에 가까운 정鄭나라 이야기가 펼쳐지는데 정 장공莊公이 동생의 반역을 막아 낸다는 사건이다. 동생이 형을, 신하가 임금을 몰아내려고 반역을 일으키면 그것은 하극상이다. 춘추 전국 시대의 전체적인 시대적 키워드는 바로 그 하극상이다. 후에 공자가 "임금이 임금다워야 하고 신하가 신하다워야 하며 아버지가 아버지다워야 하고 아들이 아들다워야 한다"고 강조한 것은 그 시대가 그러하지 못한 어지러운 반역의 시대였기 때문이다.

『열국지』는 이어서 춘추오패의 사연을 그려 나간다. 제齊 환공桓公이 첫 번째 패자로 등장한다. 여기에서 관중과 포숙아의 아름다운 우정이 돋보이지만, 핵심은 관중의 통치력이다. 하지만 아이러니하게도 관중의 사후 환공의 말년은 비참했고 나라의 혼란은 가중되었으니 한때의 패자는 모두 무의미한 일이었다. 그러나 패자가 되려는 욕심은 꾸준히 계속되었다.

송宋 양공襄公은 인의를 강조하면서 점잖게 패자가 되려고 했지만 역부족이었고 다음의 패자는 진晉 문공文公에게 이어졌다. 이때 진秦 목공穆公은 거의 준패자의 위상을 지니고 적극적으로 역할을 했지만 중원의 중앙으로 영향력을 진출하지는 못하였다. 진晉·초楚의 전쟁에서 진나라가 이겼을 때 패권은 진에 있었지만, 다음의 전쟁에서 초나라가 이기게 되자 중앙의 작은 제후국들은 초나라로 기울게 되었다. 초 장왕莊王이 패자가 되어 마침내 남방의 변방국에서 중원으로 깊숙이 개입하기에 이른 것이다.

춘추오패에서 제 환공, 진 문공, 초 장왕은 확실하게 제후들을 굴복시키고 패자로서의 위상을 장악했다고 역사는 보고 있다. 송 양공이나 진 목공은 완전한 패자의 위치에는 이르지 못했으므로 대신 동남 해안의 오吳나라와 월越나라를 패자로 내세운다. 『열국지』에서도 오왕 합려가 오자서와 손무의 도움으로 초나라를 쳐서 패권을 잡았으며 오왕 부차 때 후방을 소홀히 하고 북방의 제후국을 쳐서 패권을 잡으려는 순간 월왕 구천의 기습공격으로 졸지에 멸망하니 월왕 구천의 패권 시대가 열린 것으로 그리고 있다. 이때는 바야흐로 춘추 시대의 종막이었다.

『열국지』는 전체 108회인데 전국 시대의 단초가 시작되는 지백과 조趙 양자襄子의 싸움은 제84회에서 전개된다. 이때 조·위魏·한韓의 삼가가 연합하여 지백을 격파하고 삼진三晉을 분할하니 바로 전국 시대가 열렸다. 조·위·한 삼국에 본래 강국으로 남아 있던 진秦, 초, 제, 연燕의 네 나라를 합쳐 전국칠웅의 시대가 되어 각축을 시작한 것이다. 이어지는 제나라의 손빈과 위나라 방연의 지략을 겨루는 싸움은 훗날 『손방연의』의 주제가 되었고, 상앙의 변법을 적극 수용한 진나라가 강대해지며, 전국 사군자인 맹상군, 신릉군, 평원군, 춘신군의 활약이 펼쳐진다.

서쪽 진나라가 유독 강성해지자 동쪽의 나머지 육국이 연합하여 대항하자는 논리를 내세워 성공한 것이 소진의 합종책이고 이를 반대로 이용하여 각각 진나라와 동맹을 맺어 나라의 안위를 지키도록 하자는 주장으로 성공한 것이 장의의 연횡책이다. 이들 유세가의 활동이 열심히 전국칠웅의 사이를 휘젓고 있을 때에도 각국 사이의 처절한 전쟁은 계속되었다.

연나라 악의와 제나라 전단의 치열한 싸움은 따로 『악전연의』를 만들어 냈다. 조나라 인상여는 '완벽귀조'를, 염파는 '부형청죄'의 고사를 만들어 냈고 『오자병법』을 남긴 오기의 빛나는 전훈이 그려지고 마지막에 이르러 연 태자 단丹에 의해 기획된 형가의 진시황 암살 사건이 묘사된다. 이 사건의 실패를 끝으로 진시황은 마침내 육국을 멸하고 천하를 통일하며 『열국지』의 대장정도 역시 끝을 맺는다.

3. 『열국지』의 소설적 전개

『열국지』는 550년 춘추 전국 시대의 역사적 흐름을 종횡으로 그려 낸 역사 연의 소설이다. 중국의 각 시대의 역사는 모두 흥미진진한 소설 작품으로 엮어져 역사 연의가 되었다. 『열국지』는 동주 시대 춘추 전국의 파란만장한 난세의 시대에 활약한 군왕과 제후와 충신과 장수를 핍진하게 그려서 후세에 큰 영향을 끼치고 있으므로 역사 연의 소설의 발전사에서 중요한 이정표가 되었다. 초나라와 한나라의 역사를 그린 『초한지』(서한연의), 후한 말에서 삼국 시대를 다루는 『삼국지(연의)』로부터 당·송 시대의 역사를 다루는 연의까지 무수한 연의 소설이 등장하였다.

『열국지』의 특징은 묘사의 대상인 동주 시대, 즉 춘추 전국 시대의 시대적 내용을 그대로 반영하고 있다는 점이다. 중국의 역사는 진나라 통일 이전을 선진先秦 시대라고 하고 하·은·주夏·殷·周의 삼대로 부른다. 하나라의 역사는 아직도 불분명하고 은(상)나라의 역사는 1900년에 은허가 발굴되고 갑골문의 기록이 속속 밝혀지면서 서서히 윤곽을 드러냈다.

주나라는 합리적 인문 사상을 강조하여 점복과 미신을 중시하던 은나라의 구습을 일소하여 진정한 중국적 전통을 수립하였다. 그것이 무왕 이후 성왕成王을 보좌한 주공周公의 공이라고 훗날 공자孔子는 누누이 강조하였다. 주나라 이후 역사와 문화의 기록이 풍부하게 진행되었고, 훨씬 자세하고 명확한 기록이 남겨지게 되었다. 특히 호경(즉 장안)을 버리고 낙읍(즉 낙양)으로 천도한 동주 이후의 역사는 훨씬 구체적이다.

동주 시대는 혼란의 시대다. 이 시대는 전후로 나뉘어 춘추와 전국으로 불리게 되었다. 주나라의 왕권을 인정하고 제후들 상호 간에 선의의 경쟁을 벌이면서 권력과 세력을 가진 패자가 되어, 주변 소국을 복속하고 주나라의 왕위의 공개적인 수호자 역할을 하려던 것이 춘추오패의 목표였다. 그들의 전쟁도 비교적 신사적이었다. 그럼에도 불구하고 왕권의 권위에 도전하고 상호 간의 치열한 경쟁 속에 대의명분과 예의도덕이 무너지는 현상을 통탄하면서 새로운 문화 교육 운동을 제창한 것이 바로 유교 사상의 창시자인 공자였다. 하지만 공자의 주장은 제후들에게 받아들여지지 못하였고, 역사는 더욱 혼란의 시기로 전개되었다.

전국 시대에는 이미 대의명분이 땅에 떨어지고 제후국 각각이 왕의 이름을 참칭하였으며 치열하고 잔인하게 죽고 죽이는 전쟁을 이어 갔다. 오로지 모략과 무력의 힘이 난무할 뿐이었으니 세상을 구원해 보려는 제자백가의 다양한 노력이 모두 무위로 돌아갔다. 실용적인 법가로 부국강병책을 쓴 서쪽의 진秦나라가 나머지 여섯 나라를 멸망시키고 마침내 천하를 거머쥐었다.

『열국지』에서는 이렇게 대의명분과 인의와 예악이 붕괴된 혼란의 시대를 헤쳐 나간 춘추오패의 영웅적 사적을 그리면서 사건과 인물을 통해 지혜의 보고로 남은 주옥같은 고사성어의 형성 과정을 잘 그려 주고 있다. 예컨대 관포지교나 와신상담, 완벽귀조와 부형청죄의 성어가 어떠한 배경으로 만들어졌는지를 생생하게 그려 내고 있다. 또한 역사의 뒤안길에서 일어난 소인물의 삶의 모습에도 눈여겨볼 만한 사연을 남겨 주고 있어 삶의 지혜와 교훈을 주고 있다.

『열국지』는 역사적 소재를 활용한 연의 소설이다. 작가의 의도에 따라 중요한 역사 사건과 인물을 선택하여 이를 집중적으로 그려 내면서 나름의 기승전결을 이루어 플롯을 만들어 낸다. 어떤 인물을 선택하고 어떤 사건에 집중할 것인지, 어떤 에피소드를 중간에 삽입할 것인지를 작가적 역량으로 판단하여 독자의 흥미를 자아내고 생생한 현재적 모습으로 재현하고 있는 것이다.

1장
『열국지』의 형성과 변천

1. 『열국지』의 서명 변천

여기에서 우리가 말하는 소설 『열국지』는 춘추 전국 시대에 명멸하였던 수많은 나라(열국)의 파란만장한 이야기를 담고 있는 소설의 총칭이라고 보아도 좋을 것이다. 오늘날 우리가 볼 수 있는 『열국지』는 명·청 시대 소설가의 피와 땀의 노력으로 형성되었다. 이야기는 송·원 이래의 강사화본을 기본으로 하여 명나라 여소어의 『열국지전』에서 소설로 형성되고 풍몽룡의 『신열국지』에서 완성되었으며 청나라 채원방의 『동주열국지』에서 평점이 가해져서 확고한 지위를 얻었다. 이렇게 면면히 발전한 '춘추 전국 시대 열국의 이야기'를 통틀어서 『열국지』라고 할 수 있다. 건륭 연간에 나온 『동주열국지』는 채원방의 평점본이다.

그러나 지금 한국어 번역에서는 채원방의 서명을 채용하였지만, 그의 평점을 함께 번역한 예는 없다. 여전히 풍몽룡의 『신열국지』의 체제를 유지하고 있다는 말이다. 중국의 통행본에서도 일반 독자들에게 불필요하다는 이유로 본래의 회평과 협주, 범례, 여도(지도), 독법 등을 없애고 이름만 '동주열국지'를 사용하고 있으며 작가의 이름에 풍몽룡과 채원방을 함께 열거하고 있을 뿐이다.

본서에서는 앞의 세 종류 텍스트에 공히 들어가 있는 '열국지'를 택하여 사용한다. '열국지'는 가장 익숙하게 널리 사용되는 용어이기도 하다. 시중의 번역본에서는 최종 완결판의 이름을 따와서 '동주열국지'의 표제로 삼은 것도 있지만 여기서는 역시 일반 독자의 상식적 입장에서 간단명료하게 '열국지'의 이름을 쓰기로 한다. 풍몽룡의 원작을 감안하더라도 '열국지'의 이름이 합당할 것이다. 앞으로 판본상 설명의 필요에 따라 각각 편자와 서명을 구체적으로 언급하게 될 것이지만 기본적으로 '열국지'로 통일하여 지칭하고자 한다.

2. 『열국지』의 형성 과정

그러면 춘추 전국 시대의 여러 제후국의 치열한 경쟁과 생사를 다룬 역사 이야기는 어떻게 장편 소설로 만들어졌을까. 대체적인 형성의 과정을 간략히 살펴보기로 한다.

『열국지』의 형성은 오랜 세월 동안 축적된 소설의 발달 과정과 궤를 같이한다. 동주 시기의 전체 역사를 한 권으로 다룬 『열국지』가 만들어지기 이전에 이미 그 시대의 뛰어난 인물, 독특한 사건이나 에피소드가 전해져 내려왔다. 돈황 막고굴에서 발굴된 당나라 때의 옛 문헌 사본 중에는 「추호변문秋胡變文」과 「오자서변문伍子胥變文」이 들어 있다. 변문變文은 당나라 때에 나온 과도기의 화본이라고 해도 좋을 백화체의 소설이다. 1900년 돈황 장경동이 발굴되기 전에는 그 존재를 알 수 없었다.

『열녀전』에서 추호는 진나라의 재상이 되어 돌아온다고 하였지만 「추호변문」에서는 추호가 위나라의 좌상이 되어 돌아오면서 뽕 따는 아내를 희롱한다는 이야기로 바뀌고 원나라 잡극

「노대부추호희처魯大夫秋胡戱妻」에서는 노나라의 대부가 되어 돌아오는 것으로 점차 변신한다. 한漢·위魏·육조 이래로 널리 유행하였으므로 화본 소설이 되고 원나라 때 희곡이 되었던 것인데 여소어의 『열국지전』에서 다루고 있었지만 풍몽룡의 『신열국지』에서는 어찌 된 일인지 이를 포함시키지 않았다.

오자서는 오왕 합려와 부차의 이야기에서 빼놓을 수 없는 인물이다. 초나라에서 부형父兄을 잃고 도망하여 합려를 도와 오나라를 춘추오패의 하나로 발전시킨 인물이며 초나라로 쳐들어가 원수를 갚았지만, 자신의 말을 듣지 않아 월나라의 공격으로 멸망하는 오나라를 지켜보며 처형당하는, 파란만장하고 비장한 그의 이야기는 일찍부터 이야기꾼들의 주목을 받았던 것이다. 그의 이야기는 『열국지』 제71회에 등장하여 제83회까지 상당한 분량으로 오나라의 흥망과 함께 다루어지고 있다.

3. 강사화본과 평화오종

『열국지』의 원전 텍스트는 16세기에 여소어의 『열국지전』에서 시작되었지만, 그에 앞서서 일찍부터 춘추 전국 시대의 흥미로운 역사 이야기가 소설화되었다. 14세기 원나라 지치至治 연간에 복건성 건안建安에서 간행된 『전상평화오종全相平話五種』에는 다섯 가지 평화 소설이 들어 있었다. 그중에서 「무왕벌주武王伐紂」와 「악의도제칠국춘추후집樂毅圖齊七國春秋後集」, 「진병육국秦倂六國」은 『열국지』의 내용에 부분적으로 포함되는 이야기이고, 「여후참한신속전한서呂后斬韓信續前漢書」는 『초한지』(서한연의)의 내용이며 「전상평화삼국지」는 바로 『삼국지(연의)』의 초기 형태라고 할 수 있다.

『전상평화오종』 중에서 「무왕벌주」의 이야기는 주나라 건국 시기의 이야기다. 여소어의 『열국지전』에서는 이 부분을 담고 있지만, 풍몽룡의 『신열국지』에서는 소설적 집중력과 완성도를 위하여 이를 삭제하고 평왕의 동천 시기의 배경이 되는 유왕과 포사의 이야기부터 진행하고 있다.

「악의도제칠국춘추후집」은 전국 시대 연나라 악의와 제나라 전단의 다툼을 그린 것인데 이를 후집으로 명한 것으로 보아 전집에 해당하는 내용이 있었고 그것은 제나라 손빈과 위나라 방연의 대결을 다뤘을 것으로 여기고 있다. 훗날 별도로 『손방연의』나 『악전연의』가 있는 것으로 보아서 이들 이야기의 끈질긴 변천 과정을 알 수가 있다. 「진병육국」은 전국 시대의 마지막 격동의 시대를 담고 있으며 바로 『열국지』에서도 다루고 있는 중요한 대목이다. 이처럼 춘추 전국 시대의 이야기는 삼국 시대의 이야기와 마찬가지로 당시 흥미진진한 설화의 한 종목이었다.

송나라 때에는 설화인들에 의해 역대의 역사 이야기를 강설하는 강사講史의 과목이 유행하였고 남송에 이르러 더욱 다양하게 확대 발전되었으니, 원나라 때 중국 남방의 문예 활동에 다양한 역사 연의 소설이 포함되었던 것은 당연한 일이었다. 오늘날 남아 전하는 목록이 그러할 뿐이었고 그 목록으로 유추해 보면 수많은 역사 이야기의 목록이 존재했을 것으로 추정되는데 춘추 전국 시대를 배경으로 하는 '열국 이야기'의 내용이 다수 포함되었을 것은 확실하다.

명나라 가정 연간은 중국 장편 소설의 본격적인 탄생기라고 할 수 있다. 역사 연의 소설의 대표 작품인 『삼국지통속연의』는 임오년(1522)에 최초로 간행되어 가정嘉靖 임오본이라고 지칭한다. 이 책은 머지않아 조선에 전해지고 1560년경에 조선의 교서관에서 금속활자본(병자자 동활자)으로 간행되었는데 전 12권 중에서 지금 제8권(권지상, 권지하)이 남아 전하고 있어 주목받고 있다. 여소어의 『열국지전』이 나온 것은 『삼국지』 가정 임오본에 이어 조금 뒤의 시기로 알려졌다. 가정이나 융경隆慶의 시기일 것으로 보고 있는데 16세기 중반이라고 할 수 있다. '열국지전'의 서명도 '삼국지전'이나 '수호지전' 등과 같은 유형이라고 할 수 있으니 당시 출판 상인에 의해 소설 시리즈가 간행될 때, 반드시 『열국지』도 포함되어 있었음을 짐작할 수 있다.

4. 여소어의 『열국지전』 출현

『열국지』의 초기 형태인 『열국지전』은 여소어余邵魚에 의해 편찬된 것이지만 당시의 책은 남아 있지 않고 후에 나온 『열국지전평림列國志傳評林』을 근거로 추정하건대 이 책에서는 『전상평화오종』과 마찬가지로 상도하문의 형식으로 위에 그림 삽화를 넣고 아래에 본문을 넣고 있으며 내용도 주의 무왕武王이 은나라 주왕紂王을 정벌하는 이야기로부터 시작하여 진시황의 천하통일까지를 모두 다루고 있으니 주나라 전체의 역사를 다루고 있다는 점이 특징이다. 후에 '동주열국지'로 이름을 정한 것은 이와의 차별성을 드러내 동주 시대인 춘추 전국의 이야기에 집중하고 있다는 사실을 강조한 것으로 보인다.

명나라의 여상두余象斗가 중간한 『열국지전평림』의 체제와 내용을 살펴보자. 여상두가 17세기 초(1606)에 다시 간행하여 『열국지전평림』으로 명명한 판본이 지금 전한다. 간본은 8권본과 12권본의 두 가지 체제가 있다. 12권본은 분회하지 않았고 칙則 혹은 단락으로 나누었는데 모두 113칙이다.

권두에는 은나라 말기 주왕紂王이 달기에 빠져서 나라 정치를 그르치는 대목부터 시작하였고 서백 희창姬昌의 발적 과정과 무왕武王 희발姬發의 건국 과정이 그려져 있어서 역사 흐름의 전반적인 상황을 함께 보여 주고 있다. 무왕의 주나라 건국 이후에도 성왕과 강왕康王의 치세, 주공의 활약에 이어 목왕穆王이 곤륜산의 서왕모를 찾아가는 『목천자전』의 이야기도 담고 있고 유왕이 포사의 웃음을 사느라고 봉화를 올려 제후를 놀리다 견융의 공략으로 피살된 이야기까지 마치고 평왕의 낙읍 천도를 잇고 있다. 평왕의 천도 이후 본격적인 동주의 시작이니 소설의 본론에 이르렀다고 할 수 있지만, 그 배경에 해당하는 부분이 무려 18칙에 달한다. 이후 동주 시기의 춘추 시대는 69칙, 전국시대는 25칙에 해당하여 대부분 춘추오패의 이야기에 집중하고 있음을 알 수 있다.

사실 『열국지전』의 판본에 기록된 전체 이름을 살펴보면 여상두의 8권본에 「춘추오패칠웅열국지전」의 이름을 넣었고, 진계유 비평의 12권본에서는 아예 「춘추열국지전」이라고 하였으니 춘추 시대를 집중적으로 다루고자 하였음을 드러내고 있다.

5. 풍몽룡의 『신열국지』 편찬

약 30여 년이 지난 후인 17세기 중엽(1640경)에 소주의 통속문학 작가인 풍몽룡馮夢龍(1574-1646)이 이 책을 다시 정리 보완하여 『신열국지』 108회로 간행했다. 그는 우선 책의 제목을 『신열국지』로 확정하였다. 이는 그의 앞선 작품을 다시 수정·보완하여 간행하는 저술 습관과도 관계있을 것으로 보인다. 예를 들면 『평요전』의 경우도 거의 유사하기 때문이다. 나관중이 편찬했다는 20회본 『삼수평요전』은 풍몽룡에 이르러 40회본으로 확대 개편했는데 역시 『신평요전』으로 이름을 바꾸어 간행한 바 있다. 『신열국지』의 경우도 이와 같다고 할 수 있다.

풍몽룡의 『신열국지』의 구성을 보면 서두에 곧바로 서주 말기의 선왕과 유왕 및 포사의 이야기로 진입하고 있어 『열국지전』에서 은나라 말기와 주나라 초기의 전반 상황을 설명하는 것과 달리했다. 제3회에 평왕의 낙읍 천도가 시작되었으니 곧바로 동주로 진입한 것이다. 여기서부터 제83회까지가 춘추 시대를 다룬 것이고 제84회부터 제108회까지가 전국 시대를 다룬 것이다. 서두의 3회를 따로 셈한다면 춘추의 전반이 80회, 전국의 후반이 25회가량 되니 전반적으로 춘추 시대의 인물과 사건을 중점적으로 그리고 있다고 할 수 있다.

대체적으로 보아 춘추 시대가 300년, 전국 시대가 250년쯤 된다고 본다면 사건의 묘사는 오히려 전반부에 치중되어 있는 셈이다. 이는 소설의 작가가 당시 제후들 사이에 대의명분과 존왕양이의 사상이 여전히 살아 있던 춘추 시대를 보다 중시하고 인의도덕이 완전히 무너진 약육강식의 혼란기였던 전국 시대를 약하게 묘사하기 위한 것이라고 볼 수 있을 것이다.

그러나 또 한편 소설의 창작 과정을 염두에 둔다면 춘추 시대의 사건과 인물에 다양한 에피소드를 추출하여 세밀하게 묘사하다가 분량이 늘어나게 되었고 전국 시대의 전란 속에서는 오로지 죽고 죽이는 살벌한 싸움 속에서 인간미가 살아 있는 에피소드를 충분히 발휘하기 어려웠던 점도 있었을 것이라는 가정도 해 볼 수 있다. 전체를 108회라는 틀에 맞추려고 했다면 더욱이 전국 시대의 이야기를 좀 더 넓게 펼칠 수 없었을 것이라는 생각도 함께 해 볼 수 있을 것이다.

6. 통속 문학의 대가 풍몽룡

풍몽룡은 명말 통속 문학의 대가다. 강소성의 오현吳縣(지금의 소주蘇州)에서 태어나서 과거시험을 포기하고 저술과 출판을 핵심으로 하는 문화 활동에 적극 참여하게 된다. 그는 중요한 장편 소설에 다시 손을 대 완성도 높은 작품으로 만드는 작업에 노력하여 『신평요전』과 『신열국지』를 만들어 냈으며 역대 남녀 관계에 얽힌 문언고사를 모아 유형별로 분류하여 『정사유략情史類略』을 내기도 했다.

송·원 시대 이래로 전해 오는 백화 단편 화본 소설의 작품을 모으고 또 자신의 창작품을 넣어 이를 『유세명언喩世明言』(고금소설), 『경세통언警世通言』, 『성세항언醒世恒言』으로 총 120편을 엮어 내니 이것이 이른바 '삼언소설'이다. 소설 분야에서 장편과 단편, 문언과 백화를 가리지 않고 획기적인 작품을 지속적으로 만들어 낸 것이다. 소설 이외에도 희곡에서는 창작품을 모은 『묵감재정본전기墨憨齋定本傳奇』를 냈고 민가에서는 『산가山歌』를 냈으며 산곡에서는 『태하신주太霞新奏』, 소화에서는 『소부笑府』, 필기를 모은 『고금담개古今譚概』, 『지낭智囊』 등을 편찬하여 그야말로 전방위적으로 그의 저술이 나타나고 있다.

그는 또 과거시험을 위한 책으로 경전에도 관심을 가지고 있었는데, 『춘추형고春秋衡庫』, 『인경지월麟經指月』, 『춘추별본대전春秋別本大全』, 『춘추정지참신春秋定旨參新』 등 『춘추』 관련 책이 특히 여러 종류 있어서 소설 『열국지』의 편찬에 큰 도움이 되었을 것으로 보고 있다. 그러나 그의 저술에서 절대적인 다수는 민간 문학, 백화 문학, 통속 문학에 집중되어 있어서 그가 명말의 문예 르네상스 시대를 대표하는 통속 문학가였음을 다시 한번 증명하고 있다.

7. 채원방의 『동주열국지』 간행

청나라 건륭 초인 18세기 중엽(1736)에 채원방蔡元放이 이 책에 주목했다. 당시 채원방은 책의 제목을 '동주열국지'로 고치고 본문에 약간의 수정을 가한 뒤 자신의 평점을 가했다. 이미 앞서 유행하고 있었던 다른 사대기서의 평점본과 같이 회평, 협주가 있고 범례와 여도與圖(지도), 독법 등을 갖추어 넣었다. 본래 여소어의 『열국지전』은 8권 226절로 되어 있었고 이를 풍몽룡이 증보·윤색하여 『신열국지』 108회로 만들었는데 채원방은 여기에 평점을 가하고 이름을 달리 붙인 것이다.

채원방의 평점본은 이탁오, 김성탄의 소설 평점 방식을 거의 그대로 따르고 있다. 권두와 본문에 들어가는 서문과 독법 및 평점의 형식이 거의 같기 때문이다. 채원방의 평점은 역사적 사실에 대한 오류의 수정과 함께 역사 인물에 대한 평가 분석으로 역사 소설 『동주열국지』가 역사의 거울로서 권선징악의 역할을 충실히 수행하기를 바라고 있다. 그는 이를 역사의 실록으로 보고 역사 비평의 입장에서 평하고자 했다. 그는 또한 풍몽룡의 『신열국지』의 기초에서 평점을 가하고 있기 때문에 소설 본문의 열독을 위한 안내 역할로서 독법을 제시하고 있다.

2장
『열국지』의 시대 배경

1. 춘추 전국은 어떤 시대인가

『열국지』를 구체적으로 살펴보기에 앞서 우선 이 책에서 다루고 있는 춘추 전국 시대를 역사적 입장에서 전반적으로 일별할 필요가 있겠다.

춘추 전국 시대는 주나라의 유왕이 포사의 웃음소리에 빠져 나라의 정사를 게을리하다가 서쪽 오랑캐인 견융의 공격을 받아 죽임을 당하고 이어서 등극한 평왕이 수도 호경을 버리고 동쪽의 낙읍으로 천도한 이후의 동주 시대를 아울러 이르는 명칭이다. 좀 더 엄밀히 말하면, 동도인 낙읍으로 천도한 평왕 때

(기원전 770)부터 주나라 왕실이 멸망하는 난왕赧王 때(기원전 256)까지의 시기다. 그러나 일반적인 춘추 전국 시대는 전국 시대가 종식되고 진시황이 통일한 때(기원전 221)까지이니 35년의 차이가 난다. 이 시기는 주나라는 없어지고 여러 제후국만 있던 때였다.

동주 시대는 다시 전기의 춘추 시대와 후기의 전국 시대로 나누어진다. 춘추 시대에는 주 왕실의 권위가 조금은 남아 있어 제후국들은 다투어 주 왕실의 보호자 역할을 하여 다른 제후국을 제압하고 패자로 군림하려고 회맹을 통해 자신의 힘과 능력을 과시하였다. 이때는 여전히 대의명분과 정의를 중시하여 전쟁에서도 상대에게 자신의 힘을 과시하는 정도에 그치고 전통적인 예의와 외교적 명분을 지키고자 노력하였던 시대였다.

기원전 8세기 말 주나라 왕실의 동천에 공을 세운 정나라는 점차 세력을 장악하고 왕실을 보호한다는 명분으로 제후국에 군림하였다. 심지어 주나라 왕과 직접 대결조차 불사하면서 자신의 힘을 과시하였다. 그러나 대의명분은 여전히 철저하게 지키고자 하였다. 기원전 7세기가 되면서 동쪽의 제나라가 강성해지기 시작했다. 사실 전대에 혼란을 거듭하여 망명에서 돌아온 제 환공은 관중의 도움으로 춘추 시대 최초의 회맹에서 패자의 위치를 차지하였다. 주나라 왕실을 보호하고 존중하는 존왕양이의 대의명분은 훗날 화이론의 핵심으로 남아서 우리나라에까지 이어졌다.

기원전 7세기에서 6세기 사이에는 중원의 핵심 제후국인 진晉나라와 상이한 문화와 민족으로 구성된 남방의 강대국 초나라 사이의 패권경쟁으로 이어졌다. 초나라는 광대한 영토와 재원을 바탕으로 적극적으로 중원의 약소 제후국을 제압하고 황하 지역을 압박해 왔으며, 이를 저지하기 위해서 진나라는 국력을 기울여 초나라와의 전쟁을 승리로 이끌었다. 진 문공은 오랜 망명 생활을 청산하고 귀국하여 진나라를 강대국으로 이끌고 초나라와의 전쟁에서 승리하여 패자가 되었다.

하지만 진 문공의 재위 기간은 9년에 불과하였다. 물론 진 문공으로 인해 진나라 백년대계의 기반을 다시긴 했지만 결국 패자의 자리는 초 장왕에게 옮겨 가게 되었다. 초나라는 당초 주나라의 책봉을 받지 않았으므로 일찍부터 왕의 칭호를 썼고 주나라를 비롯한 다른 제후들의 입장에서도 오랑캐의 나라에서 쓰는 왕의 칭호는 관대하게 봐주고 있었다. 그러나 천하의 질서가 중원의 주나라를 정점으로 문화의 중심과 변두리로 구분하는 체제로 굳어지자 초나라는 적극적으로 중원으로 진출할 생각을 하게 되었다.

주나라의 세력이 약한 것을 눈치채고 구정九鼎의 무게를 재고 싶다는 망언까지도 감히 내뱉을 지경이었다. 오나라와 월나라도 오랑캐의 지역으로서 중원에서는 애초에 별 관심이 없던 곳이었다. 따라서 그들이 왕의 칭호를 이미 춘추 시대에 쓰고 있는 것에 대해서도 개의치 않았다. 이후 전국 시대가 되면 다른 제후국들도 모두 왕의 칭호를 쓰게 되어 주나라 왕실의 위상은 완전히 땅에 떨어지게 되는 것이다.

전국 시대에 이르면 신하가 임금을 죽이고 아들이 아버지를 해치는 하극상의 모습이 더욱 노골적으로 드러나며 오로지 무력의 힘과 간교한 전략으로 상대를 멸망시키고 영토를 확장하는 전형적인 약육강식의 시대가 되었다. 그러므로 강인하고 강력한 국가를 건설하려는 노력이 경쟁적으로 진행되었는데 이때 상앙의 변법을 활용하여 개혁에 성공한 진秦나라가 강대국으로 발돋움하게 되었다. 상앙 자신은 실각한 이후에 죽음을 맞이했지만, 그가 수립한 제도는 그대로 이어졌다.

그것이 바로 진나라의 성공 요인이었다. 초나라에서도 오기를 받아들여 개혁을 시도하였지만 역시 실각되었고 동시에 기득권 세력에 의하여 개혁적인 제도는 모두 폐기되었다. 올바른 정책을 수립하고 강력한 실천력을 지닌 지도자가 연이어서 출현한다면 부강한 나라를 이끌어 갈 수 있는 것이다. 주나라의 통치하에 수백 년의 시간이 지났고, 또 주 왕실이 약화되고 수많은 제후국의 갈등과 다툼이 오랫동안 이어지자 당시의 많은 사람은 통일제국의 출현을 고대하게 되었다. 전국칠웅은 각각 자신이 강대국으로 부상하여 통일제국을 만들어 보겠다는 야심을 가졌지만, 꾸준히 중원을 공략해 온 서쪽의 진나라가 마침내 성공하였다.

춘추 시대에 등장한 유가나 묵가, 도가의 사상은 제후들에게 제대로 활용되지 못했지만, 학문적 체계는 꾸준히 세워 나갔다. 전국 시대에도 이 전통을 이어받아서 다양한 제자백가의 사상이 등장하였지만 실제로 활용된 것은 법가였다. 혼란의 시대에 부국강병의 이상을 실현하여 통일제국을 완성한 진나라는 바로 법가 사상을 이용하여 성공했던 것이다.

2. 춘추 전국 시대의 명명

춘추라는 시대의 이름은 공자가 펴낸 노나라의 역사책『춘추春秋』에서 유래하였고, 전국이라는 시대명은 한나라 때 유향劉向이 전국 시대의 종횡가 기록을 모아서 정리한 후 명명한『전국책戰國策』에서 유래했다. 하지만 실제로 동주 시대의 시대 구분은 이들 책에서 기록한 시대와 정확하게 일치하지는 않는다.

동주의 시작은 분명 기원전 770년 평왕의 낙읍 동천으로부터 시작된다. 그렇다면 동주의 끝은 주나라 멸망의 해인 기원전 256년으로 삼아야 하지만 35년이 지나서 비로소 열국이 모두 망하고 진秦나라가 통일하였으므로 대부분의 경우 춘추 전국 시대는 진나라가 통일하는 기원전 221년까지로 보고 있다. 그래서 춘추 전국 시대가 550년간 지속되었다고 말하는 것이다.

공자의『춘추』는 노나라 은공隱公 원년(기원전 722)에 시작하여 애공哀公 14년(기원전 481)에 끝나서 242년간의 역사를 담고 있는데 실제 춘추의 시대 구분은 이와 약간 다르다.

춘추와 전국의 분기점은 삼진三晉의 분할을 기준으로 삼는데 조趙·위魏·한韓이 지백智伯을 멸하고 각각 독립한 해(기원전 453)

로 삼을 것인지, 아니면 50년 뒤에 주 왕실로부터 정식의 제후국으로 인정받은 해(기원전 403)로 삼을 것인지에 대해 논란이 있다. 명분을 중시하는 입장에서는 후자를 선택하여 『자치통감』에서 이를 선택하고 있지만, 일반적인 역사 분기에서는 실질적인 삼진 분할부터를 전국 시대로 보고 있다.

전국 시대의 특징은 군왕의 권위를 인정하지 않고 신하가 군왕을 밀어내고 스스로 왕위에 오르는 하극상이라고 할 수 있는데, 따라서 주 왕실의 희성姬姓을 가진 진晉나라의 정통성을 무시하고 신하였던 조·위·한이 각각 영토를 분할하여 군왕으로 자임하기 시작한 사건을 전국 시대의 시작으로 보고자 한 것이다. 이로부터 50년 후에 주 왕실은 현실적인 힘의 논리를 인정하여 그들을 정식 제후국으로 인정함으로써 주 왕실 스스로 허울뿐인 종주국임을 보여 주었고 마침내 누구나 힘으로 싸워 권력을 쟁취하면 왕이 될 수 있다는 약육강식의 논리를 보여 준 것이라고 할 수 있다.

주 왕실이 존재하고 있었음에도 더 이상 두려워하지 않았고 노골적으로 모두 왕으로 칭호를 삼았으며 머지않아 강태공의 후예였던 제나라의 군왕은 신하였던 전씨田氏로 바뀌게 되었던 것이다. 사마천의 『사기』 「육국연표六國年表」에서는 주 원왕 元王 원년(기원전 475)으로부터 진시황 통일의 해(기원전 221)까지 인 255년간을 도표로 정리하였으므로 후에 유향은 전국 시대 를 정의할 때 이 시기를 기준으로 삼았다. 그러나 주나라는 기 원전 256년에 진秦나라에 의해 먼저 멸망했으므로 동주와 춘추 전국 시대가 완전히 동일한 시기인 것은 아니다. 기원전 221년 진시황의 통일까지 35년간은 오로지 전국 시대일 뿐이었다. 이 상을 정리하면 춘추 시대는 다음의 몇 가지 설이 있을 수 있다.

① 기원전 722~기원전 481년(242년간)	공자에 『춘추』에 기록된 시기
② 기원전 770~기원전 477년(296년간)	사마천 『사기』 「육국연표」 이전
③ 기원전 770~기원전 453년(318년간)	조·위·한 삼가의 실질 독립 이전
④ 기원전 770~기원전 403년(368년간)	주 왕실의 조·위·한 제후 승인 이전

　전국 시대를 보는 시기도 이를 근거로 다음의 몇 가지 분기법 이 있을 수 있다.

① 기원전 476~기원전 221년 (255년간)	사마천 『사기』와 유향 『전국책』
② 기원전 453~기원전 221년(232년간)	조·위·한 삼가의 실질적 독립 이후
③ 기원전 403~기원전 221년 (182년간)	주 왕실의 조·위·한 제후 승인 이후

그러나 역사상 조·위·한의 삼가가 지백을 멸하고 독립하여 진晉나라를 실질적으로 나누어 통치하면서 전국 시대가 시작되었다고 보기 때문에 춘추와 전국 시대는 각각 ③ 기원전 770~기원전 453년(318년간), ② 기원전 453~기원전 221년(232년간)으로 보는 것이 타당해 보이며 이를 합치면 550년이 된다.

그러나 여전히 공식적으로 삼진이 분리되어 공인된 이후부터 셈하는 ④ 기원전 770~기원전 403년(368년간)을 춘추 시대로, ③ 기원전 403~기원전 221년(182년간)을 전국 시대로 보기도 하니 주의를 요한다. 그렇게 되면 춘추 시대는 350년 이상으로 길고, 전국 시대는 200년 미만으로 짧게 되는 구분법이 될 것이다.

3. 『열국지』의 시기 구분

한편 『열국지』에서 다루고 있는 시대는 앞서 계산해 본 춘추 시대 이전부터 그리고 있기 때문에 시기적으로 조금 더 길다고 할 수 있다. 주 선왕 39년(기원전 789)부터 진왕秦王 정政 26년(기원전 221)까지를 다루고 있으므로 총 568년간의 이야기인데 대략 동주 시대 550년간을 그리고 있다고 말들을 한다. 정확한 인식을 위해 춘추 전국 시대의 주요 사건을 다음의 표로 살펴보자

기원전 1050년	무왕의 주나라(서주) 건국, 호경에 도읍
기원전 770년	평왕의 낙읍으로의 천도 (동주)
기원전 722년	『춘추』의 시작 연도 (노 은공 원년)
기원전 481년	『춘추』의 최종 연도 (노 애공 14년)
기원전 256년	주나라의 멸망 (진나라에 의해)
기원전 221년	육국의 멸망, 진시황의 천하통일

『열국지』의 구성은 소설의 특성을 그대로 지니고 있으므로

사서의 구성 방식과는 판이하게 다를 수밖에 없다. 역사 연의 소설이므로 제왕과 제후, 현신과 간신, 장수와 책사의 이야기가 무수히 나오지만 그것은 역사적 변천을 따르는 종적인 흐름을 날줄로 삼고 동시대 정치 세력의 부침을 반영하는 횡적인 변화를 씨줄로 삼아서 작가의 뜻에 따라 선택하고 집중하여 이야기를 꾸려 가는 것이다.

이야기가 없으면 소설이 되지 못한다. 인물의 출현과 발전에 얽힌 에피소드가 소개되고 역사적 대사건의 뒤안길에서 작은 실마리의 역할을 하였음에도 이름 없이 사라져 간 수많은 소 인물의 이야기를 끄집어내서 핍진하게 그려 내는 것이 바로 소설이다. 그러므로 역사 연의 소설은 역사라는 대상을 연의의 방식으로 풀어내되 궁극적으로 소설이라는 장르로 만들어 낸다는 데 그 특징이 있다. 따라서 역사 연의 소설에서 역사적 요소의 진실성을 찾기 위해 노력하는 것은 각주구검과 같은 허망한 일이 될 뿐이다.

우리는 그것이 소설임을 분명히 자각하여야 한다. 소설이니까 모두 허망하고 황당하다고만 치부한다면 진정한 독자가 될 수 없다. 역사 연의 소설에서 우리가 눈여겨 찾아내야 하는 것은 역사적 사실이 아니라, 바로 인간의 삶의 참모습과 변화무쌍한 생각과 느낌을 담고 있는 '소설적 진실'이라고 할 수 있다.

이 소설적 진실은 오로지 소설에서만 찾을 수 있으며 무미건조하고 형식적으로 기록된 역사서에서는 찾을 수 없는 것이다. 소설이란 분명히 일어난 일에 대해 기록하는 것은 아니지만 충분히 일어날 수 있는 개연성이 있는 사실을 허구로 만들어 낸 것이다. 그러므로 역사의 뒤안길에서 일어난 수많은 사건의 개연성을 역으로 추적하여 만들어 낸 역사 연의 소설에서 우리는 진정한 소설적 진실을 찾아낼 수가 있다고 말하는 것이다.

3장
『열국지』의 내용과 분석

오늘날 우리가 보는 『열국지』는 기본적으로 명말 풍몽룡의 창작물이며 청대 채원방에 의해 평점이 달리고 간행되어 널리 전하게 된 것이다. 『열국지』에 묘사된 전체적인 내용을 살펴보고 이어서 분석해 본다.

1. 『열국지』의 내용

『열국지』는 서두의 2회 분량을 할애하여 주 평왕의 동천의 원인이 되는 선왕 시기의 예언과 포사의 웃음을 사기 위한 거짓 봉화의 에피소드, 유왕의 폭정에 이은 견융의 침공과 죽음을 먼저 그리고 있다. 호경이 불에 탄 상태에서 왕위에 즉위한 평왕은 자연스럽게 동도인 낙읍으로의 천도를 생각하게 된다. 천도 이후의 시기는 동주로 불리게 되며 바로 『열국지』의 묘사 대상이 된다. 이로부터 각 제후국의 다양한 사연이 다루어지기 시작하여 서서히 왕권에 도전하거나 제후들에게 호령하며 패권을 차지하기 위한 치열한 경쟁 상태가 펼쳐진다.

먼저 정나라 장공莊公의 이야기가 시작되는데 황천견모黃泉見母의 에피소드가 소개된다. 그리고 초나라 웅통의 왕호 참칭, 위衛 선공宣公의 납식納媳, 제 양공襄公의 남매 불륜에 얽힌 제나라와 노나라의 관계, 선강, 문강, 애강의 사연이 서술된다. 도덕과 질서가 무너지고 있음을 노골적으로 드러내려는 것이었다.

뒤를 이어 춘추오패의 첫 번째 패자가 된 제 환공과 관중, 포숙아의 이야기로 이어진다. 관중은 춘추 시대 최고의 재상으로 칭송되지만, 그가 죽은 뒤에 남은 제 환공의 말년은 비참하기 그지없었다. 환공 다음으로 패자가 되었던 진晉 문공의 출현 배경은 여희와 서자의 문제로부터 서술하여 적자인 태자 신생과 중이, 이오 형제의 고난과 격정의 역사를 그린 후, 마침내 새로운 패자로서의 진 문공을 다루게 된다. 19년간의 망명 생활에서의 고난 속에 제 살을 깎아 대접하던 개자추가 불길 속에서 사라지는 마지막 모습도 보여 준다. 한식날의 유래를 그렇게 보여 준 것이다.

이어서 초 장왕, 삼 년을 날지 않다가 한 번의 날갯짓으로 천하에 이름을 드러내고 주 왕실에 구정의 무게를 물으며 야망을 드러낸 그는 분명 춘추오패의 세 번째 인물로 그려지고 있다. 나머지 두 명의 패자는 진秦 목공과 송 양공이라는 설과 오왕 합려와 부차와 월왕 구천이라는 두 가지 설이 존재하지만, 소설에서 분명히 확정하지는 않은 듯하다. 진 목공은 이웃 나라 진晉의 혼란을 평정하는 데 도움을 준 인물이며 진 문공의 즉위에도 영향을 끼친 인물이다.

송 양공은 제 환공의 패권 시대가 지난 후에 중원의 패자가 되기 위해 애쓰기는 했지만, 약소국으로서의 실질적인 힘이 뒷받침되지 못했으며 스스로 강력한 카리스마를 구비하지 못하고 허울뿐인 인의를 강조하여 제후들의 비웃음을 자초하기만 하였다. 진 문공 이후 권세를 장악한 조순趙盾과 그의 사후 조씨 일가를 멸족시킨 사건, 그 와중에 유일한 혈육으로 남은 조무를 살려 낸 조씨 고아 사건은 감동적인 이야기로 후세에 전해진다.

그 와중에 몇 가지 에피소드가 이어진다. 초왕楚王의 미희를 희롱했다가 절영으로 인해 목숨을 구한 장수는 전쟁터에서 사력을 다해 끝까지 초왕을 보호하여 은혜를 갚았고, 부친의 첩을 재가시킨 장수는 재가한 딸의 부친으로부터 결초보은의 은혜를 입었다. 또 죽은 남편의 관을 쓰다듬으며 통곡하자 제나라 성곽이 무너졌다는 맹강의 이야기는 훗날 감동적인 고사로 재편되기도 했다.

초 평왕이 며느리를 대신 차지하고 태자를 쫓아내는 일로 시작된 오자서 삼부자의 이야기는 파란만장하게 펼쳐진다. 오자서는 부형을 잃고 어렵사리 초나라를 탈출하여 오나라 합려를 도와 초나라를 공략하여 끝내 죽은 초 평왕의 시신을 꺼내 매질을 한다. 하지만 이어서 오나라 부차와 월나라 구천의 끈질긴 싸움이 이어지고 오자서의 충고를 듣지 않은 부차는 월나라에서 바친 절세미인 서시에 빠져, 와신상담의 고초를 겪으며 재기한 구천에게 패하여 나라를 망치게 된다.

오자서는 죽으면서 두 눈을 빼 성문에 걸고 다가오는 오나라의 멸망을 보고자 하였지만 구천을 도와 복수를 끝낸 범려는 공을 이룬 이후 미련도 없이 오호에 배를 띄워 사라지고 말았다. 전국 시대가 시작되면서 진秦나라에 기용된 상앙은 강력한 변법을 실행하여 훗날 육국을 제패하여 통일을 이루는 초석을 닦아 놓았는데 정작 그 자신이 그 법에 걸려 거열형에 처해지고 말았다.

귀곡자에게서 손빈과 동문수학한 방연은 순수한 우정을 아름답게 살리지 못하고 손빈의 재주를 시기하여 비열하게 그의 두 다리를 잘라 내는 형벌을 가하게 했다. 끝내 제나라로 탈출한 손빈은 치열한 전쟁 끝에 마침내 방연을 죽음에 이르게 하는데 이 이야기는 따로 『손방연의』의 주된 내용이 되고 있다. 동학에서 원수로 변하고 만 손빈과 방연의 관계에 비하면 제후들에게 유세를 펼치는 종횡가로서의 소진과 장의는 선의의 경쟁을 펼치며 비교적 원만한 관계를 이어 간다.

소진이 먼저 합종책으로 육국의 재상이 되어 있을 때 그를 찾아간 장의에게 자극을 주기 위해, 일부러 냉대하고 뒤에서 은연중 돕는 이야기는 독자의 마음을 훨씬 편안하게 만든다. 결과적으로 장의는 진秦나라를 찾아가 연횡책으로 유세하여 이를 성공시킴으로써 소진과의 경쟁에서 승리하고, 소진은 제나라에서 죽고 만다. 이어서 진나라의 압박을 받고 있는 조趙나라의 인상여가 화씨 벽을 가져갔다가 온전히 갖고 돌아온 '완벽귀조'의 고사나 염파의 '부형청죄'의 고사가 여기서 삽입되었고 진나라의 압박 속에서 생존을 위해 몸부림치는 나머지 여러 나라의 사연이 이어진다.

후반부의 끝머리에는 전국 말기의 제후국에서 이름난 네 명의 공자 이야기가 펼쳐져 흥미를 자아낸다. 먼저 맹상군이 진나라를 탈출할 때 활용된 '구도계명'의 식객 이야기, 조나라가 위험에 처하자 평원군의 구원 요청에 응한 초나라의 춘신군과 병부를 훔쳐 내 군사를 동원해 준 위나라 신릉군의 이야기 등이 이어진다.

또 전국 시대 말기 전쟁의 참혹상은 진나라의 장수 백기가 항복한 조나라의 40만 대군을 일시에 학살하여 매장한 사건 하나만으로도 여실히 보여 주고 있다. 그러한 백기 자신도 죽음에 임하여 스스로 자신의 죄과를 인정하는 모습을 보여 주었다. 연 태자 단丹이 진왕秦王 정政을 암살하기 위해 파견한 형가의 이야기는 『열국지』의 마지막을 불태우는 유명한 화제였다. 진나라가 마침내 육국을 멸하여 중원을 통일시키고, 진왕이 시황제始皇帝가 되어 전국의 봉건 제후 제도를 폐지하고 군현을 두는 것으로 소설은 끝난다.

2. 『열국지』의 분석

『열국지』는 550년간의 긴 역사를 담아낸 역사 연의 소설로서 시간의 흐름에 따라 주요 인물과 사건을 신속하게 묘사하게 되므로 인물이나 사건을 중심으로 오래 물고 늘어질 수가 없다. 따라서 일반 소설과 같이 전후를 관통하는 주인공 격의 인물이 있을 수 없고 중심 사건을 지정할 수도 없다. 하지만 다음과 같이 몇 가지 면에서 인물과 사건을 취사선택하는 일정한 규칙을 발견할 수 있다.

우선 역사상으로 유의미한 평가를 받는 주요 인물들을 선별하였다. 춘추오패와 전국칠웅은 역사적으로 항상 지적되는 핵심 사안이다. 하지만 막상 춘추오패를 명쾌하게 확정 짓지는 않았다. 그리하여 제 환공, 진 문공, 초 장왕 이외에 진 목공이나 송 양공, 오왕 합려와 부차, 월왕 구천의 이야기가 적당하게 분량을 차지하며 그려지고 있다.

또 각 나라의 제후를 보좌하고 있는 재상이나 신하도 뛰어난 인물로 판명되었거나 특이한 에피소드를 가진 경우에는 이를 유효적절하게 그려 넣고 있다. 관중과 포숙아는 뛰어난 재상과 참모의 역할을 한 인물이지만 그들 사이의 남다른 우정을 특별히 강조하여 '관포지교'의 성어를 낳도록 하였다. 도덕과 정의가 무너지고 배신이 난무하던 시대에 그들의 남다른 우정과 정치적 협력 관계는 더욱 빛나는 사례가 된다.

권력을 위해서는 부자지간이나 형제지간에도 원수가 되는 법인데 특히 이복형제 간에 죽음을 불사하는 우애를 보인 위衛 선공의 큰아들 급자急子와 후처인 선강의 아들 수壽 사이의 끈끈한 정이 끝내 두 사람의 죽음으로 마무리된 것은 안타까움을 자아낸다. 전실의 아들을 죽이고 제 아들을 후계자로 세우려던 선강 같은 어머니 밑에 어찌 수와 같이 착한 아들이 태어났는지 세상일이란 오묘할 따름이다. 양국 간 회맹의 자리에서 제 환공에게 칼날을 들이대고 빼앗아 간 땅을 돌려 달라고 한 노나라 조말曹沫의 패기도 남다른 용기로 보인다. 그러나 더욱 중요한 것은 협박에 의한 약속이라도 지켜야 한다고 관중이 충고하였으며, 제 환공은 또 이를 따르는 관용을 보여 주었다는 것이다. 제 환공의 관용은 진정한 강자의 여유라고 하겠다.

진晉나라의 권세를 잡고 있었던 조순의 사망 이후 조씨가 멸문지화를 당하자 주변에서 조씨 고아를 구출하고자 한 눈물겨운 노력은 은혜를 알고 정의를 위해 목숨을 바치는 전통적 협의 정신을 구현하는 실례라고 할 수 있다. 나라의 흥망성쇠는 군주와 신하의 긴밀한 관계에 달려 있다. 오나라에 충성하는 오자서와 월나라에 충성하는 범려의 결말은 간언을 받아들이는 군주의 태도에 따라 전혀 다른 방향으로 흘러가고 말았다. 유명한 자객의 이야기로는 예양과 형가의 이야기를 담고 있는데 두 사람 모두 실패한 자객이라는 점에서 시사하는 바가 적지 않다. 귀곡자에게서 동문수학한 병법가인 손빈과 방연, 종횡가인 소진과 장의의 이야기도 각기 다른 결말을 보여 준다. 소설에서는 모두 귀곡자의 제자로 그리고 있지만, 종횡가인 소진과 장의가 그 사상을 계승했을 가능성이 있고 전략가인 손빈과 방연의 경우는 좀 회의적이다.

역사의 표면은 남성 위주인 것으로 보이지만 실제로 역사의 이면은 여성으로부터 시작되고 있다는 점을 노골적으로 보여 준다는 점에서 『열국지』에 등장하는 여성들에 대해서 깊게 주목할 필요가 있다. 다만 아쉬운 것은 긍정적인 여성상보다는 여전히 부정적인 여성상을 많이 보여 주고 있어서 역시 '여자는 화근'이라는 전통적 관념의 소산이 아닐까 생각된다. 은나라의 달기, 유왕의 포사에 이어서 『열국지』에서는 상상하기 어려운 특별한 여성들의 모습을 적지 않게 그려 넣고 있다. 실제 역사에 바로 그러한 인물이 있었기 때문이었다.

제 양공과 남매간으로 정을 통한 문강은 남편 노 환공桓公의 죽음으로도 버릇을 고치지 못하고 끝내 노나라의 불명예로 남았다. 만나는 남자마다 죽음으로 몰고 간 정 목공의 딸 하희의 경우는 희대의 색녀라고 해야 옳을 것이지만 막상 그녀 자신은 뒷날 초나라의 굴무(무신)와 함께 진晉나라로 망명하여 잘 살았다.

여불위의 여자였다가 태자의 비가 된 조희趙姬는 왕후가 되고 장양왕 사후 진왕 정이 즉위하여 태후가 된 이후에도 음기가 넘쳐서 여불위에게 요구를 멈추지 않았다. 여불위는 시정에서 노애嫪毐라는 인물을 끌어들여 대신 궁중에 들여보냈다. 그로 인해 발생한 난은 평정되었지만 일인지하 만인지상의 여불위 자신도 실각되고 결국 스스로 죽음을 택하게 되었다. 궁궐 밖 남자들의 정치적 경쟁과는 별도로 궁중 안의 여성들에게도

성의 문제와 권력과 질투의 문제가 심각하게 전개되고 있으며 이는 가문은 물론 국가의 흥망에까지 영향을 끼치게 된다는 것이 엄연한 역사의 진리라고 할 수 있다.

『열국지』에서는 당시의 문화와 사상을 체계적으로 소개하지는 않고 있지만, 춘추 전국 시대를 대표하는 사상가로서 공자와 묵자, 맹자, 한비자 등도 역사적 사건과 더불어 약간씩 등장하고 있다. 공자는 실제로 노나라의 정치를 담당하였고 주유천하를 하면서 제후들과의 만남이 있었으며 맹자도 위魏나라의 양혜왕梁惠王에게 유세를 하였고, 제나라 선왕宣王의 빈객이 되었으므로 묘사가 된 것이다. 묵자의 경우도 묵가의 대표이지만 위나라에 잡혀 있던 손빈을 제나라로 탈출시키는 데 도움을 준 인물로 등장하고 있어 역사의 정면에 등장하였다고 할 수 있다.

법가의 중요한 인물은 상앙과 한비자다. 한비자와 이사는 순자荀子에게서 동문수학했지만, 법가의 길을 걸었다. 순자는 전국 말기의 조나라 사람으로 공자의 유교 사상을 이어받았으나 또한 법가 학설을 함께 받아들였다. 왕도와 함께 패도의 힘을 말했고 예의와 더불어 법치를 강조하기도 하였다. 맹자와 달리

성악설을 주장하여 후천적 학습의 중요성을 제기하기도 했다.

이사와 한비자는 그에게서 법가적 입장을 이어받은 것이다. 동문수학한 사이지만 이사는 한비자의 뛰어난 재주에 스스로 미치지 못한다고 여겨서 한비자가 진왕에게 접근하는 것을 경계하였다. 그들에게 앞서 역시 동문수학한 병가의 방연과 손빈의 관계와 같이 서로 질시하는 형국이 되었던 것이다. 한비자는 총명한 머리로 글은 잘 썼으나 말은 잘 못했다. 하지만 그의 글은 진왕 정에게 감동을 주어 진왕은 그를 직접 만나 보고 싶어 했다.

한나라에서는 한비자를 사신으로 삼아 진나라에 보냈다. 이사는 진왕의 허락을 얻어서 그를 옥중에 가두고 독약을 보내서 자살하도록 했다. 진왕이 후회하고 다시 찾았을 때는 이미 늦었다. 진왕은 한비자의 통치술을 원용하여 육국을 멸하고 천하를 통일하는 데 활용했다. 진나라에서는 법가의 정통 인물인 상앙과 한비자의 생각을 그대로 정치와 군사에 활용한 것이다. 그 저자는 끝내 그곳에서 목숨을 잃었지만 그들의 사상은 진나라의 천하통일을 이룩한 밑거름으로 이어졌다.

3. 『열국지』의 플롯

사실 『열국지』의 전체적인 소설적 플롯은 매우 미약하다고 할 수 있다. 550년의 역사를 훑어 내려오며 중요한 사건과 인물에 집중하는 형태이기 때문에 기승전결이라고 하는 일반적 소설의 구성을 갖추기 어렵다. 다만 개별적인 핵심 인물이나 사건을 묘사할 때 작은 형태의 기승전결을 만들어 가는 것은 역사서의 기존 기록을 바탕으로 최대한 소설적 구성과 문학적 묘사를 추가하기 위해 노력한 것이라고 할 수 있다. 『열국지』는 대부분의 사건을 옴니버스의 형식으로 서사 전략을 채용한 소설이라 하겠다.

동주 시대의 수많은 나라, 즉 열국의 역사를 그려 내는 데 어려운 점은 말할 것도 없이 550년을 이어 가는 장구한 역사, 천수백 명에 이르는 등장인물과 무수한 사건, 춘추 전국 시대의 복잡다단한 제자백가의 사상 등이다. 그러나 달리 생각하면 『열국지』 자체의 가장 독특한 특징 역시 바로 그것이다. 110개 국에 이르는 제후국의 이름들, 춘추 시대에 여러 제후국을 대표하여 회맹을 주도하였던 춘추오패 혹은 칠패, 전국 시대에 사생결단을 내기 위해 국운을 걸고 서로 다투는 전국칠웅, 그리고 오직 동주 시대에만 속하는 순수한 등장인물이 무려 1,650명으로, 이러한 수준은 웬만한 장편 소설로서는 따르기가 어렵다.

『삼국지(연의)』를 비평하던 모종강毛宗崗은 「독법」에서 『열국지』의 단점을 다음과 지적했다.

"후인들이 『좌전』이나 『국어』를 합하여 『열국지』를 완성했지만 나라가 많고 사건이 번잡하여 그 단락이 나뉘는 곳마다 앞뒤 맥락이 일관되게 이어지지 않는다"

이것은 물론 『삼국지』의 장점을 강조하기 위해 『열국지』의 문제점을 언급한 것이지만 역시 틀린 말은 아니라고 하겠다. 채원방도 『동주열국지』 서문에서 이 책을 읽는 데 어려움을 이렇게 토로했다.

"주 평왕이 동쪽으로 도읍을 옮기고 진왕 정에 이르기까지 전후 5백여 년에 이르고 열국은 수십 국에 이르며 온갖 변고와 사건이 분분하였고 등장인물이 정신없이 얽혀 있어, 눈을 어지럽히고 있으니 다른 역사를 읽는 것보다도 몇 배나 더 어려움이 있다."

이는 채원방이 『열국지』를 읽고 이해하면서 평점을 달아 가는 데 얼마나 큰 어려움이 있었는가를 토로하기 위해서 드러낸 말이다. 역시 틀린 말은 아니다. 그러나 『열국지』는 또한 역사를 보좌하는 연의 소설로서의 장점을 가지고 있다. 『춘추』와 『사기』 등의 고대 전적에 흩어져 있는 사료를 종합하여 일목요연하게 수백 년의 역사적 흐름을 꿰어 냈다는 점이다.

『춘추』는 편년체이지만 단편적인 사건의 요목을 제시한 경전이기 때문에 풍부한 분석과 묘사가 적다. 『좌전』에서는 상당히 많은 풀이를 하였지만 역시 경전의 수준이다. 『사기』는 기전체 역사서다. 주 왕실이나 제후국을 집중으로 다루는 세가世家와 특별한 인물을 유형별로 따로 모아 집중 조명한 열전列傳이 중심이다.

반면 『열국지』의 작가는 기본적으로 시대의 흐름에 따라 각국의 변화 발전의 인과를 명확하게 짚어 가면서 사건을 부각시키고 그에 얽힌 인물의 전후 맥락을 설명한다. 그리고 그들의 대화와 그들의 숨겨진 의도와 그들의 남모를 고민을 때로는 역사의 기록에서 추출하고 때로는 상상으로 덧붙여서 생생하게 살아 있는 모습으로 현장감 있게 드러낸다.

그 가운데에 춘추오패의 변화 과정과 전국칠웅의 처절한 경쟁 과정을 일목요연하게 살필 수 있게 되고, 골육상잔의 비참한 역사, 군주 시해라는 하극상의 역사를 보게 된다. 그리고 오랫동안 전해 오던 고사성어의 진면목도 만날 수 있다. 관포지교를 통해 관중과 포숙아의 진실을 만나고, 와신상담을 통해 월왕 구천의 고난에 찬 결의를 만나고, 부형청죄를 통해 용서를 구하는 염파의 참모습을 인상 깊게 만날 수 있게 된다. 이것이 바로 소설의 힘이고 소설적 진실이다.

4. 『열국지』의 연원

소설 『열국지』는 송·원대 설화인들의 이야기로부터 발전해 왔다고 할 수 있지만, 역사 연의이기 때문에 인물이나 중요한 사건을 설화인들이 마음대로 꾸며서 넣을 수 있는 것은 아니다. 그러므로 역사 문헌의 어딘가에 근거를 두고 부연 설명하고 세부적인 묘사를 덧붙인 것이라고 할 수 있다. 그렇다면 중요한 내용을 어떤 문헌에서 가져온 것일까. 대체로 다음의 몇가지 문헌이 유용하게 활용되었을 것으로 여겨지고 있다.

춘추 시대의 역사가 기록된 문헌은 잘 알다시피 춘추 말기에 공자가 펴낸 노나라의 편년체 역사책인 『춘추』가 있다. 특히 대의명분을 강조하여 역사 기록을 이어 나간 책이다. 노나라 은공 원년(기원전 722)에서 애공 14년(기원전 481)까지 242년간의 역사를 기록했다. 그 후 『춘추』에 대한 보충과 해석, 담긴 의미 등을 부연 설명한 책이 연이어 나왔는데 좌구명左丘明의 『좌씨전』과 곡량적穀梁赤의 『곡량전』, 공양고公羊高의 『공양전』 등의 춘추삼전이 있다. 그중에서 『춘추좌전』(『좌씨전』)이 가장 많이 활용되었다고 보고 있다.

『춘추』는 노나라의 역사책이니 중심이 노나라에 있지만, 이 시기를 다루고 있는 중요한 문헌으로 역시 노나라 사람 좌구명이 지었다고 전하는 『국어國語』가 있다. 『국어』는 서주의 목왕으로부터 시작하여 춘추 말기 진晉나라가 조·위·한의 세 나라로 삼분되기까지의 5백 년간의 역사를 나라별로 구분하여 기록하고 있으니 각국의 상황을 보다 면밀하게 활용할 수가 있었을 것이다. 모두 여덟 나라를 다루고 있는데, 종주국인 주나라를 비롯하여 노, 제, 진, 정, 초, 오, 월 등이며 여기에 진秦나라는 빠져 있다.

전국 시대를 다루는 책으로는 한나라 때 유향에 의해 묶여 나온 『전국책』이 있다. 사실 이 책은 한 시대에 한 사람의 손으로 나온 것이 아니다. 시기는 삼진 분할의 전국 시대 초기부터 육국이 멸망할 때까지 약 240년간의 역사를 기록했다. 서명에서 드러나듯이 각 제후국의 책사들이 주장하는 갖가지 방략을 포함하여 정치와 외교 활동을 독립적으로 기록하여 일반 역사서와는 다른 체제라고 할 수 있다. 일부 내용은 역사적 사실로 믿기 어려운 이야기도 들어 있어 당시 전해지던 민간의 전설이나 고사서라고도 할 수 있다.

전국 시대에는 제후국들이 거의 모두 왕을 참칭하였고 명실상부한 전란의 시대로 진입하여 형식적인 예의염치를 떠나서 현실적으로 살아남기 위한 치열한 생존 경쟁을 위한 대책을 최우선으로 삼고 있었으므로 정통 유교의 인의도덕이나 왕도정치의 입장과는 상당한 거리가 있었다. 그러나 전국 시대라는 이름도 여기에서 비롯된 것이었고 수많은 에피소드를 담고 있었으므로 소설 『열국지』의 형성에는 여러 가지 도움이 된 문헌이라고 할 수 있다.

중국 역사서의 최초의 정사로 인정받는 사마천司馬遷의 『사기』는 오제五帝로부터 자신이 살고 있던 한漢 무제까지를 다루고 있는 기전체의 통사다. 그러므로 가장 폭넓고 가장 체계적으로 춘추 전국 시대의 역사적 사실을 담고 있다. 『사기』의 「본기」와 「세가」 그리고 「열전」에서 중요한 제왕, 제후, 영웅 및 특이한 인물의 사연을 구체적으로 다루고 있다.

「세가」에는 주 왕실을 비롯하여 각 제후국의 오랜 역사가 기록되었는데 특이하게 소왕素王으로 추앙받는 공자도 이 「세가」에 포함시켰다. 이는 사마천의 유연하고 독창적인 아이디어라고 할 수 있다. 「열전」에서는 대부분 역사의 흐름을 주도한 핵심 인물을 다루고 있지만 특이하게도 암살에 실패한 예양이나 형가 등을 포함한 자객열전이나 정의를 위해 한목숨을 바치고자 한 협객열전 등을 따로 만든 것은 훗날 역사 소설의 발전에도 적지 않은 도움이 되었다고 본다. 『열국지』의 탄생에 『사기』가 끼친 영향은 절대적이라고 할 수 있다. 소설의 작가는 이상의 여러 가지 역사 문헌으로부터 인물과 사건의 에피소드를 참조하여 자유롭게 활용하였을 것이다.

한편 송나라 사마광司馬光이 편년체로 기록한 역사책『자치통감』은 송·원 이래의 중요한 역사서로 자리매김하였다. 원·명대의 설화인이나 소설가들에게도 이 책은 중요한 참고문헌이 되었을 것이다. 주나라 위열왕 23년(기원전 403)부터 시작하여 송나라 직전의 오대五代까지 1,362년간의 역사를 연도별로 기록했으니 특히 소설 작가의 입장에서는 전국 시대의 2백 년 가까운 시기의 인물과 사건의 전후를 명확하게 파악하는 데 활용하기 좋았을 것이다.

그러나 이상은 기본적으로 역사 문헌이고『열국지』는 문학 작품으로서의 소설이다. 소설의 작가는 역사 연의라는 점에서 가능한 역사적 핵심 인물과 주요 사건을 날조할 수는 없지만 취사선택의 자유가 있으며 특히 선택과 집중이라는 방법으로 인물의 묘사와 사건의 전개에 소설적 상상력과 구체적인 묘사를 추가하여 흥미로운 이야기를 만들어 냈던 것이다.

4장
『열국지』의 춘추오패

1. 인물의 유형

중국의 연의 소설에서는 역사 인물을 생생하게 묘사하여 살아 있는 생명력을 부여하고 있다. 인물은 소설의 요소 중에서도 빼놓을 수 없는 핵심 사항이다. 춘추 전국 시대의 역사적 인물을 『열국지』를 통하여 살펴본다. 『열국지』의 핵심적인 인물은 다음의 몇 가지 유형으로 구분해 볼 수 있다.

첫째 유형은 군왕이나 제후다. 춘추오패 혹은 춘추칠패로 불릴 수 있는 인물을 비롯하여 각 제후국의 주요 임금들이 먼저 거론되고 전국칠웅으로 일컫는 일곱 제후국을 이끌던 군왕들이 후반부를 수놓는다. 절대군주의 시대에 군왕의 일거수일투족은 나라의 운명을 좌우한다. 어진 임금의 출현을 바라는 백성들의 소망은 바로 자신들의 평온한 삶이나 고단한 삶과 직결되어 있기 때문이었다. 부강한 나라를 만들겠다는 군왕의 의지에 따라 패권국으로 부상되는가 하면 잠시 음란과 향락에 빠져 정사를 게을리하면 나라는 곧 몰락의 구렁텅이로 빠지고 만다.

둘째는 군왕이나 제후를 도와서 나라를 일으킨 뛰어난 재상이나 훌륭한 장수를 꼽을 수 있다. 엄밀히 말해서 한 나라의 발전과 변화는 군왕과 더불어 이들의 피나는 노력으로 이룩된 결과다. 현명한 재상과 어진 임금이 만나면 나라를 곧바로 부강하게 만들 수가 있었지만, 재상이나 장수를 구하지 못하면 임금 혼자로서는 도리가 없었다. 춘추오패와 전국칠웅의 군왕에게는 반드시 훌륭한 재상과 장수가 있었다.

셋째는 역사의 물줄기를 바꾸었거나 극심한 혼란을 야기한 사건의 원인을 제공한 여성 인물들이다. 이들은 대개 왕후이거나 비빈이었고 혹은 그보다 낮은 신분이기도 하였지만, 제후, 재상, 장수들과 깊은 관계로 이어지면서 역사의 전면에 화려하게 등장하였다. 한나라 때의 『열녀전列女傳』에서는 어질고 현명한 훌륭한 여성은 물론 사악하고 간교한 여성들도 함께 싣고 있다. 『열국지』에서는 각 나라의 역사 변천 과정에서 음으로 양으로 폭넓게 작용한 여성 이야기가 적지 않게 그려진다.

넷째, 왕후장상王侯將相도 아니지만, 역사의 거대한 물줄기에서 한때 세상의 주목을 받았던 선비나 자객, 기인이라고 불릴 만한 인물군이 있다. 이들은 역사의 조역으로서, 역사 소설을 풍부하게 만들고 이야깃거리를 제공하는 훌륭한 소재가 된다. 일찍이 사마천이 이들의 존재에 주목하여 『사기열전』에서 다양한 인물군을 그려 넣고 있다. 소설의 작가들은 역사의 큰 사건을 그려 나가면서 다양한 볼거리를 제공하는 이들의 존재를 요소요소에 배치하여 작품의 재미를 더하도록 안배하였다.

2. 존왕양이를 내세운 패권국

첫째 인물 유형인 제후국의 군왕 중에서 춘추 시대의 패자로 이름을 날린 인물들은 제 환공, 진 문공, 초 장왕이 가장 확실하게 거론되고 나머지 2명은 두 가지 설이 있는데 하나는 오 합려와 월 구천, 다른 하나는 진 목공과 송 양공이다. 각각의 패자들은 나름대로 다양한 위상을 지녔고 또 패권의 실상도 같지 않았다. 시대를 달리하면서 역사적 위상도 달라지는 것은 당연한 일이었다. 춘추오패라는 용어도 확정된 것이 아니므로 일단 역사에서 거론되고 있는 일곱 군왕을 춘추칠패七覇라고 보고 간략히 소개한다.

전국칠웅이라는 말은 개별 인물에 대해서가 아니라 일곱 나라를 지칭한 것이다. 전국 시대에는 대부분의 제후국이 치열한 경쟁 속에 합병되었으며 최후의 일전을 앞두고 살아남은 나라가 일곱이라는 것이다. 칠웅의 국가에는 자신의 나라를 부국강병의 강대국으로 만들기 위해 애쓴 군주와 재상과 장수가 있다. 물론 끝내 나라를 잘못 운영하여 망국으로 이끌고 마는 어리석은 군왕이나 재상 또한 있었다.

3. 제 환공 – 춘추 최초의 패자

제齊 환공桓公의 이름은 소백小白이고, 희공僖公의 아들, 양공襄公의 동생이다. 포숙아의 보좌를 받고 공자 규糾와의 경쟁에서 이겨 제나라 제후의 자리를 계승하였고 포숙아의 추천을 받아 관중을 재상으로 삼고 제나라를 강력한 나라로 만들어 주 왕실을 대신하여 제후들을 불러 회맹함으로써 춘추오패 중에서 최초의 패자가 되었다. 그에 앞서 양공의 시대는 혼란의 연속이었다. 희공의 두 딸이 바로 선강과 문강이다. 선강은 위衞 선공에게 시집가고 문강은 노 환공에게 시집갔다. 그러나 문강은 어려서부터 이복 오빠인 양공과 좋아하는 사이여서 시집간 이후에도 관계를 끊지 못했다.

양공은 그들이 제나라를 찾아왔을 때 팽생을 보내 문강과 말다툼한 노 환공을 죽였다. 양공의 포악함은 더욱 심해져서 제나라의 혼란은 가중되었다. 양공은 결국 사촌 형제인 공손 무지에게 살해당하고 공손 무지 또한 곧 살해당하여 후계자 다툼이 일어났다. 노나라로 피신한 공자 규와 거莒나라로 피신한 공자 소백은 각각 먼저 돌아오려고 경쟁했다. 규를 모시던 관중은 길을 막고 있다가 소백에게 활을 쏘아 맞혔다. 소백이 쓰러지자 관중은 안심하고 규와 함께 천천히 귀국하였다. 그러나 그사이 소백이 먼저 돌아와 제나라 군주로 즉위한 뒤였다. 활은 소백의 허리띠 쇠고리를 맞혔던 것이다.

포숙아는 노나라에 사신을 보내 규는 죽이고 관중은 환공이 직접 원수를 갚아야 하니 살려서 보내라고 했다. 포숙아는 돌아온 관중을 영접하고 환공에게 강력히 추천했다. 환공은 아직도 원수를 갚을 생각만 하고 있었다. 그러나 포숙아는 환공을 설득했다. 자신은 대사를 획책하기에는 소심하다고 하면서 관중이 자신보다 나은 장점을 다섯 가지 제시했다. 특히 포숙아는 환공이 관중에게 관심을 보이며 그를 한번 시험해 보기 위해 당장 데려오라고 했을 때 다음과 같이 예를 갖추어 관중을 맞이할 것을 진지하고 엄숙하게 요청한다. 그의 전제 조건은 이러했다.

"미천한 신분으로는 존귀한 사람 앞에 나설 수 없고, 가난한 사람은 부유한 사람을 부릴 수 없으며, 소원한 사람은 친근한 사람에게 맞설 수 없다고 합니다."

다른 말로 하면 지금 관중은 아직 미천하고 가난하며 소원한 상태의 사람이니 그대로는 임금을 만날 수 없다고 한 것이다. 아직 테스트도 하지 않고 첫 만남도 없었는데 그에게 합당한 지위와 위상을 제공하라는 말이었다. 지금 생각해도 대담한 제안이 아닐 수 없다. 인재를 영입하는 과정이 호락호락하지 않음을 알겠다.

"주공께서 관이오를 쓰시고자 하신다면 그에게 재상의 지위를 내리고 그의 녹봉을 두텁게 하며 부형을 받드는 예로써 그를 융숭하게 대우해야 합니다. 재상이란 임금에 버금가는 막중한 자리입니다. 재상으로 임용할 사람을 앉아서 부르는 것은 재상을 가볍게 여기는 처사입니다. 재상을 가볍게 여기면 임금도 역시 가벼워집니다. 주공께서 그를 맞아들일 날을 택일하시고 몸소 교외에 나가 관이오를 영접해야 합니다."

이러한 포숙아의 주장은 일견 임금 앞에서 대담무쌍하기 그지없는 말이다. 임금의 위엄은 없고 신하의 존엄만 가득한 모양새이다. 하지만 제 환공의 가슴은 이를 충분히 받아들일 넓은 아량을 가지고 있었다. 애초부터 원수라고 여기는 관중을 재상으로 맞겠다는 발상이 매우 유연한 생각의 소유자임을 드러낸다. 중원의 패자가 될 것이라는 부푼 기대가 그를 관대하게 만들었는지도 모른다. 혼란의 시대에 갖은 환란을 겪고 난 환공으로서는 나라의 안정과 위상의 제고를 위해서는 개인적인 원한 따위는 잊을 수 있었을 것이다. 승자로서의 아량이라고도 할 수 있다.

제 환공의 강력한 후원을 입고, 관중의 개혁은 시행되었다. 그가 추진한 국가 경영은 환공과의 대담에서 나온 내용 그대로다(『열국지』제16회). 제 환공은 선군인 양공 때 변란이 일어나 나라가 혼란해지고 국세를 떨치지 못했음을 염두에 두고 향후 어떻게 하면 국정을 바로잡을 수 있을 것인지를 관중에게 물었다.

관중은 여러 가지 원칙을 제시했다. 나라의 기강을 바로잡기 위해 예의염치, 사유四維를 바로잡아야 한다고 강조했다. 예의염치가 땅에 떨어졌던 전대의 양공 시절을 생각하면 당연한 조치였다. 또 나라가 안정되려면 사농공상의 사민四民이 각자 맡은 일을 충실히 해야 한다. 그렇게 할 때 비로소 사회 질서와 경제 부흥이 일어날 수 있는 것이다.

관중은 아주 구체적이고 현실적인 사항도 지적했다. 군사 물자를 충당하기 위해 가벼운 죄를 사면하면서 속죄의 대가로 무쇠를 받아 무기와 농기구를 만들어 준비하자는 것이었고, 광산을 채굴하고 소금을 만들어 이를 시장에서 유통시키고 세금을 거두어 국가 재정에 충당하면 된다고 하였다. 군사력의 증강과 무사의 양성을 위해 사회 조직을 거주지별로 나누어 단계적으로 조직하고 사시사철 농사와 군사 훈련을 겸하도록 하여 언제든 정에 군사로 나갈 수 있도록 한 점은 제나라의 급격한 국세 신장에 실질적인 도움이 되었을 것이다.

물론 『열국지』에서 묘사된 일부 내용이 과연 관중 시대의 것인지는 여기서 굳이 논하지 않겠다. 명나라 말기 풍몽룡 시대의 관점에서 구체적인 사안을 그려 냈을 수 있기 때문이다. 어찌 되었건 관중의 전략을 그대로 따랐던 제 환공은 패자로 우뚝 설 수 있었다.

관중이 재상으로 있었을 때 노나라와의 전쟁 이후 회동에서 돌연 노나라의 조말曹沫이 단상에서 제 환공의 옷자락을 잡고 흉기로 위협하면서 제나라에서 빼앗은 영토를 돌려 달라고 했다. 이로 인해 조말은 『사기』「자객열전」의 첫째 인물로 등장하게 된다. 위급한 상황이라 관중은 붙잡혀 있는 환공에게 그렇게 하겠다는 응답을 하라고 하였고 환공도 그렇게 대답을 했다. 그러나 환공은 속으로 괘씸하게 생각하고 조말을 죽이고 영토를 돌려주지 않을 작정이었다.

하지만 관중의 생각은 달랐다. 어떠한 경우라도 군주가 한번 내뱉은 말은 지켜져야 한다는 것이었다. 그래야 제후들의 신임을 얻을 수 있을 것이라 했다. 관중의 말은 적중했다. 영토를 노나라에 돌려주었지만, 제 환공의 명성은 중원에 널리 퍼지고 다같이 높이 받들어 패자의 자리를 차지하게 되었다. 관중의 말에 승복하고 자신의 일시적 분을 참을 수 있었던 제 환공의 도량이 역시 그를 성공하게 만들었다. 그는 재위 7년에 위의 견鄄 땅에서 회맹을 열고 춘추오패 중에서 첫 번째 패자가 되었다.

춘추 시대에는 일단 패자가 되면 주 왕실의 권위를 대신하여 제후국들을 통솔하는 역할을 맡았으며 어려운 제후국을 도와주고 옳지 못한 제후국을 징벌하는 일을 자랑스럽게 행하였다. 본래 주 왕실이 맡아서 해야 하는 일을 제후국 중에서 맏형이 된 패자가 대신 행하는 것이었다.

제 환공이 패자가 되자 연나라의 도움 요청이 있었다. 북쪽 오랑캐 산융이 쳐들어왔다는 것이다. 제 환공은 관중을 이끌고 북벌에 나서서 고죽孤竹까지 쳐들어가 혼내 주고 돌아왔다. 그러자 연 장공莊公이 고마움에 환공을 배웅하다가 국경을 넘고 말았다. 이에 환공은 "제후는 제 나라 국경까지만 배웅해야 한다"라고 하면서 연 장공이 밟은 땅까지 떼어 주는 통 큰 모습도 보여 주었다.

이뿐 아니라 노나라 희공僖公을 세워 나라를 이어 가게 했고 위나라를 도와 안정시키기도 했다. 욕심을 갖지 않고 패자로서의 당당한 모습을 보이려고 하였던 제 환공과 대의명분을 중시하고 이를 실천하려고 했던 관중의 생각이 나름대로 성과를 거두어 패자의 모범을 보여 준 것이었다.

제 환공은 제후들과의 여러 차례 회맹을 성공리에 수행하고 패자로서의 자리를 지켰지만, 관중이 늙어 죽고 자신도 늙음에 따라 상황은 급격하게 달라졌다. 그의 빛나는 업적도 한순간, 그의 만년의 비참함을 떠올리면 과연 패자의 자리가 무엇이었던가 하는 회의가 든다.

관중은 늙었을 때 환공에게 특별히 세 사람의 측근을 가까이 두지 말라고 했다. 제 자식을 죽여 임금에 영합한 역아易牙, 제 부모를 배신하고 임금을 가까이 한 개방開方, 제 몸을 해쳐 환관으로 임금에게 접근한 수조豎刁는 모두 인정에 어긋나는 인물이니 특히 경계해야 한다고 간했다. 그러나 마치 그러한 일이 있을 것을 예상한 것처럼 관중 사후에 환공은 이들 세 사람을 중용하였고 포숙아도 환공이 말을 듣지 않자 울분으로 죽었다고 한다.

그들의 전횡으로 결국 환공은 유폐되어 굶어 죽고 제때 장례도 치르지 못했다. 만년에 어쩌면 그토록 어리숙해졌는지 아니면 결국 제 환공의 능력이란 관중을 받아들여 그의 뜻을 따르는 아량일 뿐이었는지를 다시금 생각하게 한다.

4. 진 문공 — 대기만성의 군주

진晉 문공文公의 이름은 중이重耳다. 헌공獻公의 둘째 아들이며 어머니는 호희狐姬다. 헌공이 여희驪姬를 총애하여 태자 신생이 모함을 받아 자결하자 진나라의 정치는 혼란에 빠졌다. 중이는 이때 망명을 떠나 19년 동안 천하를 돌아다녔다. 그의 주위에는 외숙인 호언狐偃을 비롯하여 선진先軫, 조최趙衰, 개자추介子推 등이 오랫동안 보필하며 따라다녔다.

망명 기간 그의 인덕과 능력이 눈에 띄어 널리 명성을 얻었다. 앞서 진秦나라에 다섯 성을 바치겠다고 약속하고 이오夷吾가 군주에 올라 혜공惠公이 되었는데 후에 약속을 어겼다. 더구나 양국 사이에는 흉년이 들면 서로 도와주기로 되어 있어 진나라의 흉년 때 진秦에서 도와주었음에도, 이듬해 진秦나라에 흉년이 들어 구원을 요청하니 오히려 군사를 이끌고 쳐들어갔다. 하지만 진秦 목공이 전쟁에 승리하여 포로가 된 혜공을 죽이려고 하니 그의 누이인 목공의 부인이 간곡하게 청하여 겨우 살려 보내고 대신 세자를 인질로 받았다.

혜공이 죽고 인질로 있던 세자가 도망가 제멋대로 회공懷公에 오르자 진 목공은 마침내 마음을 바꾸어 초나라에 머물고 있던 중이를 불러 지원을 약속하였다. 진나라 대신들도 중이가 돌아오기만을 기다렸다. 그리하여 중이가 마침내 귀국하여 회공을 죽이고 62세의 나이로 군주의 자리에 오르니 이가 곧 진 문공이었다.

그가 즉위하고 얼마 지나지 않아서 마침 주 왕실에서 변란이 일어났다. 양왕襄王의 동생 왕자 대帶가 반란을 일으키고 공격하자 양왕이 급히 정나라로 피신하여 구원을 요청하였던 것이다. 조쇠가 간했다. "앞으로 제후들의 패자가 되기 위해서는 이 기회에 주 왕실의 천자를 먼저 모셔야 합니다. 진나라는 천자와 같은 희성姬姓의 나라입니다. 주 천자를 구원하고 왕실을 보호하면 나중에 제후들 앞에 큰소리를 칠 수 있습니다." 문공은 곧 깨닫고 근왕勤王의 책임을 다하기 위해 양왕을 안전하게 보호하며 낙읍으로 호송하고 반란을 진압했다. 양왕은 감동하여 하내와 양번의 땅을 떼어서 진나라에 하사했다.

문공은 즉위하여 널리 인재를 구하고자 하였으나 전에 그를 박대했거나 다른 편에 섰던 사람들은 감히 나서지 못했다. 그때 두수頭須가 나타났다. 그는 본래 문공의 유랑에 따라다니다가 도저히 희망이 없다고 느꼈는지 재물을 챙겨서 달아난 사람이다. 그가 나타나자 화가 난 문공은 죽이고 싶도록 미웠지만 아무 소용없는 짓이니 그냥 살려 보내겠다고 전하라고 하며 만나 주지도 않았다.

그러나 두수는 떠나지 않고 기다렸다. 그리고 문공을 만난 자리에서 자신이 죽을죄를 지은 것은 사실이지만 지금 자기처럼 죄를 지은 사람도 찾아오면 등용한다는 사실이 널리 전해지면 틀림없이 많은 인재가 몰려들 것이라고 설득했다. 알고 보면 그도 간교한 세 치 혀를 놀릴 줄 아는 뛰어난 유세가였던 셈이다. 그 말을 옳게 여긴 문공은 그를 받아들여 중용했다. 그러하니 문공이 19년이나 나라를 떠나 밖으로 돌고 있는 사이에 관계가 좋지 않았던 사람들이 하나둘 모여들었다. 인재들은 각양각색의 분야에서 재주를 드러내기 마련이다. 진 문공이 패자가 되기 위한 기본적인 인재를 확보하는 계기가 되었을 것이다.

진나라가 강대해지자 결국 남쪽의 강대국인 초나라와 전쟁이 일어나게 되었다. 앞서 중이가 초나라에 망명하였을 때 그를 맞아서 환대한 초 성왕成王은 약간은 농담 삼아 "귀공이 앞으로 보위에 오르시게 되면 무엇으로 보답하시렵니까?" 하고 물었다. 그때 중이는 이렇게 답했다.

"전하께서는 세상의 모든 보물을 다 갖고 계시니 보물로는 보답할 것이 없을 것입니다. 굳이 자꾸 보답을 말씀하신다면 만약의 경우 초나라와 진나라가 전쟁이 났을 때 저는 삼사三舍의 거리(사흘 행군 거리, 90리)를 물러나겠습니다."

초나라의 신하 자옥(성득신)은 중이를 죽이자고 하였으나 성왕은 중이의 대담함을 높이 사서 그를 살려 주고 진秦나라로 가는데 호송하도록 했다. 과연 진나라와 초나라의 일대 격전이 벌어진 성복城濮 대전에서 진 문공은 전에 말한 약속을 지켜 삼사를 후퇴했다. 다른 장수들이 말도 안 되는 소리라고 반대했지만, 호언이 나서서 군주의 말은 천금같이 지켜야 한다고 강조하여 연거푸 세 번 후퇴하였는데 사실 이는 군사 전략적인 하나의 방안이었다고 생각된다. 문공으로서는 제후들 사이에 약속을 지키는 인물로 평가를 받으면서 실제로는 초나라 군사를 방심하게 한 후에 공격을 가하여 최후의 승리를 거두게 한 것이다.

성복 대전의 승리로 진나라는 중원의 패자로서의 위상을 상당 기간 유지할 수 있게 되었다. 진 문공의 재위 기간은 불과 9년 정도였지만 그가 마련한 튼튼한 기초는 오랫동안 진나라를 중원의 강대국으로 유지하게 했다. 훗날 삼진三晉 분할로 세 나라가 되었지만, 여전히 그 세 나라가 모두 전국칠웅에 들어간 것을 보면 그 세력을 짐작할 수 있다. 진나라가 갈라지지 않았다면 나중에 진시황의 통일과업도 이루어지기 어려웠을지 모른다.

진 문공은 망명을 떠나기 전에 핍길逼姞과의 사이에서 일남일녀가 있었다. 후에 그 아들이 세자로서 즉위하니 진 양공이다. 진 문공이 유랑생활을 할 때에 함께 한 세 여인이 있었다. 처음 적翟나라로 도망가 살면서 계외季隗와 결혼하여 자식까지 두고 있었다. 본국에서 혜공이 자객을 보내 목숨이 위태롭게 되자 그곳을 떠나면서 "먼 길을 떠나게 되었으니 25년만 기다려주고 그때까지 돌아오지 않으면 재가하라"라고 했더니, 계외는 "제 나이 지금 25살인데 앞으로 25년이면 할머니가 될 것이니 가길 어딜 가겠습니까, 평생 기다리겠습니다"라고 했다고 한다.

제나라에서는 환공의 환대를 받아 공녀와 결혼하고 안정된 생활을 하는데 가신들은 그가 장차 큰 뜻을 잃을까 하여 환공 사후의 혼란한 상태가 된 제나라를 떠나려고 하였다. 중이가 제강齊姜과의 편안한 생활에 젖어 떠날 생각을 하지 않으니 제강이 먼저 수하들과 의논하여 술에 취하도록 하여 떠나보냈다.

중이가 초나라에 있다가 진秦나라로 왔을 때 진 목공의 부인인 백희伯姬는 딸 회영懷嬴을 중이에게 주어 장가들게 하려고 했다. 앞서 회영은 진의 세자 어圉의 아내가 되었으나 그는 진秦나라가 외가인 양梁나라를 멸망시키고 또 아버지 혜공이 병중이란 말을 듣자 진秦나라에 원한을 품고 몰래 빠져나가 귀국해 버렸다. 회영은 남편의 뜻을 알았으나 보내 주고 발설하지 않았다. 중이는 백희에게 오라비였고, 세자 어에게는 백부였으니 회영은 중이에게 조카딸이면서 동시에 조카며느리였는데 이제 중이의 아내가 될 참이었다.

중이는 한동안 망설였으나 진秦나라와의 우호 관계를 염두에 둔 가신들의 설득으로 아내로 맞이하였다. 진나라 헌공의 딸 백희가 진 목공에 시집가고 이번에는 진 목공의 딸이 진 문공에게 시집갔으니 대대로 이어지는 진진지호秦晉之好는 이렇게 계속되었던 것이다. 이들 문공의 여인들은 훗날 어떻게 되었을까? 계외는 진 문공이 즉위한 이후 헤어진 지 12년 만에 재회했다고 한다.

5. 초 장왕 – 세상을 놀라게 한 임금

초楚 장왕莊王은 목왕穆王의 아들로 어려서 즉위했지만, 정국이 불안하여 관망하면서 수년간 정사를 돌보지 않고 있다가 신하의 간곡한 간언에 따라 마침내 떨치고 일어나 초나라를 강성하게 만들고 춘추오패의 한 사람으로 우뚝 서게 되었다. 이른바

웅지를 감추고 가무를 즐기며 사냥에만 빠져 지내고 있는 듯하였지만 때가 오기를 기다리는 도광양회韜光養晦의 인물이라고 할 수 있다. 그가 향락의 생활을 멈추고 떨쳐 일어날 때 한 말은 유명하다.

> "삼 년을 날지 않았지만 일단 날면 하늘을 찌를 것이고, 삼 년을 울지 않았지만 일단 울면 세상을 놀라게 할 것이다(三年不飛, 飛將沖天, 三年不鳴, 鳴將驚人)."

초 장왕은 곧바로 자리를 털고 일어나 정사를 직접 다스리기 시작하였고 대외적으로 적극적인 활동을 시작했다. 용庸을 정벌하고 송宋을 공격했으며 융戎에 쳐들어갔다. 국력이 막강해졌을 때는 주 정왕定王이 사신을 보내자 대담하게도 "구정九鼎의 무게가 얼마나 되는가" 하고 물어서 주 왕실의 허울뿐인 권위를 무시하였다. 구정은 왕권의 신성함을 상징하는 것인데 그 무게를 물어본 것은 초나라가 패권을 차지하겠다는 생각을 드러낸 것이다.

초나라는 당초 탄생에서부터 종족이 달랐고, 주나라로부터 책봉 받은 제후국이 아니었으므로 일찍부터 주 왕실의 권위를 인정치 않아 서주 때는 군주의 시호도 없었고, 춘추 시대 이후 초 무왕武王 때부터 곧바로 왕호를 참칭하고 있었다. 주 왕실이나 중원 제후국들은 불만이었지만 초나라, 오나라, 월나라 등을 야만국으로 보고 있었으므로 보고도 못 본 체하고 있었다. 춘추 후기의 오왕과 월왕의 출현도 그렇게 나온 것이다. 전국 시대에 비로소 왕호를 참칭한 중원의 육국과는 전혀 다른 상황이었다.

초 장왕은 정나라를 석 달 만에 함락하고 진晉나라와의 필邲 싸움에서 이겨 30년 전 성복 대전에서 진 문공에게 패한 원한을 갚으며 마침내 천하의 패자가 되었다. 재상인 투월초鬪越椒가 모함을 받자 죽음이 두려워 반란을 일으켰는데 활 잘 쏘는 양유기養由基 덕으로 무난히 난을 제압하기도 하였다. 이후 장왕 재위 23년에 아들 공왕共王이 즉위했다.

초 장왕에 얽힌 일화로 유명한 것은 절영지연絶纓之宴이다. 제목은 갓끈을 끊고 즐기는 연회라고 풀 수 있을 것이다. 장왕은 애첩을 대동하고 문무백관들과 성대한 저녁 연회를 열고 술을 마시며 즐기고 있었는데 홀연 바람이 불어서 등불이 모두 꺼졌다. 어둠 속에서 왕의 애첩이 갑자기 비명을 지르며 자신의 옷 깃을 당기며 희롱한 사람이 있다고 소리쳤다. 이 남자의 갓끈을 끊어 놓았으니 불을 켜고 범인을 잡아 달라고 했다. 장왕은 모두 갓끈을 자르라고 명하고 비로소 불을 켰다. 애첩은 앙탈을 부렸지만, 연회는 즐겁게 이어졌다.

수년 뒤에 전쟁 중에 장왕이 위태롭게 되었을 때 한 장수가 목숨을 걸고 필사적으로 장왕을 구출하였다. 후에 상을 주려고 하니 자신이 바로 절영의 연회에서 왕의 여자를 희롱한 사람인데 그때 살려 주었으니 목숨을 바쳐 은혜를 갚고자 한 것이라고 했다. 『열국지』에서는 여자의 이름을 허희許姬, 장수의 이름을 당교唐狡라 했지만, 사서에 나오는 이름은 아니다.

초 장왕 때 일어난 일 중에 유명한 하희夏姬 사건도 있다. 하희의 아들 하징서夏徵舒가 진陳나라 군주를 죽인 사건이 터지자 당시의 패자로서 제후국의 맹주를 맡은 초나라로서는 수수방관할 수 없는 일이었다. 진을 공격하여 하징서를 죽이고 하희를 압송해 왔는데 너무 미인이어서 장왕도 욕심을 냈지만, 대부 굴무屈武가 상서롭지 못한 여인이라고 절대 안 된다고 하여 결국 아내를 잃은 나이 든 신하 양로襄老에게 하사하였다.

그가 전쟁에서 죽자 하희를 고향 정나라로 돌려보냈는데 처음부터 하희를 차지하고 싶었던 굴무가 초나라의 대부 신분은 물론 가족과 재산을 모두 포기하고 달아나 하희를 데리고 진晉나라에 들어가 살았다. 장왕은 굴무의 재산을 몰수하고 가족을 처형했다. 그 소식에 분노한 굴무는 아들 호용狐庸을 오나라로 보내 오왕 수몽壽夢을 도와 전술을 가르쳐 나라를 일으키고 후에 오자서, 손무와 더불어 초나라를 침공하여 원수를 갚도록 하였다고 하니 하희 사건의 여파가 적지 않았던 것이다. 훗날 공자가 정나라와 위나라의 노래를 음란하다고 한 것은 어쩌면 하희의 영향도 한 가닥 있지 않았을까 생각된다.

6. 진 목공 – 부국강병을 꾀한 준패자

진秦 목공穆公은 혹은 무공繆公이라고 쓰인 곳도 있는데 덕공德公의 작은 아들이고 선공宣公과 성공成公의 아우다. 형제상속으로 군위를 이어받았고 이웃 진晉나라 헌공의 딸 백희를 맞이하였는데 이때 백리해百里奚가 따라왔다. 『사기색은史記索隱』에서 춘추 오패의 한 사람으로 지목하였다. 진나라와 진晉나라는 이웃하여 오랫동안 경쟁 관계를 갖고 서로 전쟁이 많았다. 진 목공은 백리해, 건숙蹇叔, 유여由余 등을 등용하여 진晉나라를 격퇴하고 진 혜공을 사로잡았다. 또 양梁나라, 예芮나라, 활滑나라를 없애고 망명 중이던 중이를 도와 진 문공으로 즉위하도록 하여 진진지호의 관계를 이룩하기도 했다. 그 진 문공이 먼저 춘추오패의 한 사람이 되었다.

진 목공은 앞서 처남인 진晉나라 태자 신생이 자살하고 장인인 진晉 헌공이 죽고 나서 여희로 인해 진晉나라 정국이 혼란에 빠지자 도와주어야겠다고 생각했다. 중이와 이오 중에서 중이를 더 훌륭한 인물로 보았지만, 이오가 영토의 할양을 약조하면서 도움을 청하여 그를 도와 진 혜공으로 세워 주었다. 그러나 혜공은 약속을 어기고 실행하지 않았다.

또 진晉나라에 흉년이 들어 원조 요청이 들어왔을 때 혜공이 미웠지만 죄 없는 백성들을 구하기 위하여 식량을 보내 주었다. 그러나 이듬해 진나라에 흉년이 나서 원조를 요청했을 때는 진 혜공이 오히려 그 기회를 삼아 침공해 왔다. 진 목공은 크게 노하여 국력을 기울여 싸움에 응하여 진 혜공을 사로잡아 처단하려고 했다. 진 목공의 부인 백희는 친정 동생이 잡혀 와 죽게 되자 목공을 설득하여 혜공을 살려서 돌려보내고 그 세자 어를 인질로 잡아 두도록 했다. 목공과 백희는 세자 어에게 딸 회영을 아내로 주어 혼인시켜 살게 했다.

하지만 세자 어는 자신을 잡아 둔 진나라가 다시 자신의 외가인 양나라를 멸해 버리자 고국으로 도망쳤다. 진 목공과 백희는 망명 중에 초나라에서 진나라에 온 중이에게 딸 회영을 혼인시켜 주면서 양국 관계를 우호적으로 추진시켰다.

진 문공 사후 양국의 우호 관계가 무너지자 동진하려던 진 목공은 효산崤山의 전투와 팽아彭衙의 전투에서 진晉나라에 대패하였다. 그렇게 동방으로의 확장 계획이 장애에 부딪히게 되자 진 목공은 서쪽으로 진출하여 서융西戎을 토벌하고 촉蜀나라를 멸하니, 주 왕실에서도 이를 인정하여 그를 서융의 패자로 인정했다.

진 목공은 39년간 재위 중에 수많은 일을 하였다. 제 환공 27년에 즉위했고, 진 문공보다 앞서 즉위하여 그의 사후에도 7년을 더 살았으며 그의 사후 8년이 지나서 초 장왕이 즉위하였다. 춘추 시대의 패자들이 진 목공을 전후하여 거의 비슷한 시기에 생존했음을 말해 준다. 진 목공은 공식적으로 제후들을 회맹하여 맹주로 올라선 적이 없었으나 제, 진晉, 초의 패권 제후들과 거의 어깨를 나란히 하고 있었다. 서쪽의 융족을 모두 정벌하여 국력의 기초를 다지는 데 활용하였고 중원을 향하여 착실히 기초를 다진 것은 그의 업적이었다.

진나라는 외지로부터 온 인재를 중용하여 활용하는 데 인색하지 않았다. 진 목공 때 많은 인재가 그의 수하로 몰려들었다. 양피 다섯 장에 구해 왔다고 하여 오고五羖 대부라고 일컫는 백리해, 천리마를 알아내는 백락伯樂, 구방고九方皐 등이 그의 수하에서 성공적으로 나라를 이끌었다. 외지인에게 내리는 객경客卿 제도가 정립된 것이다. 객경에게 아무리 큰 권한을 주어도 그 한 사람에게만 주어지니 대대로 문벌을 이루어 권력을 좌지우지하고 왕권을 위협하는 귀족들보다는 낫다는 생각이었다.

사서에서는 진 목공의 치세 기간에 열두 나라를 얻었고 천 리의 강토를 넓혔다고 평가했다. 군사적으로는 이웃인 진晉나라와의 관계가 가장 첨예한 문제였기 때문에 가능한 우호적인 관계를 유지하려고 애썼고 정략결혼으로 얽혀져 있는 상태였으므로 필요한 경우에 상호 지원하고 보살피는 것도 오랜 합의였다. 이오를 도와 혜공으로 즉위시켰고, 중이를 도와 문공으로 즉위시킨 것들이 그러한 이유에서였다.

그러나 진 문공이 죽은 후에 연맹이 무너지자 전쟁의 회오리는 걷잡을 수 없이 휘몰아쳤다. 진 목공은 백리해의 간언을 듣지 않고 그의 아들 맹명시孟明視 등을 장수로 내보냈으나 효산 아래서 진晉 양공襄公에 의해 전멸하는 참패를 당했다. 그래도 진 문공의 부인 문영(회영)의 설득으로 사로잡힌 세 장수는 돌려보내졌다. 진 목공은 돌아온 그들을 탓하지 않고 다시 중용하여 진晉나라와 팽아에서 싸우게 했으나 또 실패하자 비로소 서쪽으로 방향을 돌려 강역을 확장시켜 갔던 것이다.

진 목공이 죽었을 때 여전히 야만적 장례풍습이 있어 가신 177명이 순장을 당해 쓸 만한 인재가 거의 사라지도록 한 것은 안타까운 일이라고 평가된다. 진 목공은 중원의 제후들의 회맹에서 맹주가 된 적은 없으므로 엄밀히 말해서 패자라고 하기는 어렵지만, 춘추오패의 또 다른 설에 의하면 충분히 포함될 만하니 여기에 포함시킨다.

여기서 개인적인 의견으로 한국어에서 동음인 진秦, 진晉, 진陳은 현대 중국어에서 각각 친秦, 진晉, 천陳으로 읽히므로 한글 서사에서 이러한 구분법을 쓰는 것도 괜찮지 않을까 생각한다.

한자로 보여 주기 어려운 강연의 경우에는 더욱이 이러한 구분법이 유용하지 않겠는가.

7. 송 양공 — 패권을 지향한 소국 제후

송宋 양공襄公은 송 환공桓公의 둘째 아들이고 송 성공成公의 부친이다. 그는 진 목공과 비슷한 시기에 14년간 재위했다. 일설에 춘추오패로 넣기도 하므로 여기서 춘추칠패에 포함시켰다. 그를 패자라고 한 것은 그가 한때 제후의 회맹을 주도한 적이 있기 때문이다. 제나라의 환공이 죽고 제나라에 내란이 발생하자 송 양공이 위衛나라, 조曹나라, 주邾나라 등 네 나라의 군사를 이끌고 제나라를 도우러 가서 제 효공孝公을 옹립함으로써 일시에 송 양공의 이름이 천하에 드날리게 되었다.

춘추 시대 패자는 제후국의 어려움을 해결하고 주 왕실을 대신하여 천하를 안정시키는 의무를 갖고 있었으므로 송나라는 지금 최초의 패자 제 환공이 사라진 직후에 그 역할을 대신 수행한 것이었다. 그러나 그의 명을 받고 군사를 움직일 나라는 겨우 몇몇 소국뿐이었다. 그 자신이 정당하고 위대한 뜻을 갖추고 있다 하지만 제후국을 실질적으로 움직일 수 있는 국력은 부족하였기 때문이었다.

송 양공의 이름은 자보玆甫, 玆父이며 적자 출신이었다. 그의 이복형 목이目夷는 모친이 일반 시첩이었으므로 서자였다. 당시 적장자嫡長子 계승의 원칙에 따라 그가 군위를 이어받는 것은 당연하였으나 인의와 예의범절을 중시했던 자보는 자기보다 나이 많은 형에게 세자의 자리를 양보하려고 했다. 그러나 형도 인의에 있어서 만만찮은 인물이라 자신이 동생보다 인의가 뛰어나다고 할 수 없고 적자를 폐하고 서자를 세우는 일은 종법 제도에 맞지 않는다고 하면서 양보하고 이웃 위나라로 도망 갔다.

형제간에 이러한 인의와 우애가 있다는 것은 칭송받아야 하고 마땅히 축복이어야 한다. 하지만 당시 열강들이 치열하게 경쟁하는 냉혹한 현실에서 송나라 양공의 인의와 예양은 한갓 비웃음거리만 되고 말았다. 그래도 춘추 시대이기에 이러한 인물이라도 출현할 수 있었는지 모른다. 전국 시대에 이르러서는 이렇게 인의를 실천하려는 군주는 나타나지 않았다. 공자의 유가 사상을 더욱 체계화하여 설득력 있게 제후들을 위해 유세에 나선 맹자는 번번이 비웃음을 당하고 박대를 받을 뿐이었다.

송 양공은 즉위 이후 제 환공이 주재하는 규구葵丘의 회맹에 참가했다. 여기서 제후들의 맹약이 성립되었는데, 맹약의 내용은 매우 현실적인 것들이었다. 강물을 끌어다 이웃 나라의 수재를 일으키지 않도록 하고, 이웃 나라의 흉년 때 곡식을 팔지 못하게 해선 안 되며, 태자를 함부로 바꾸어선 안 되고, 첩을 정실로 바꿀 수 없으며, 여자를 정치에 참여시켜서는 안 된다는 것들이었다. 앞의 두 가지는 백성의 생존을 위한 것이고 뒤의 것은 종법 제도를 철저히 지켜 혼란을 야기하지 못하도록 한 것이다.

이 회맹에서 제 환공은 특별히 송 양공에게 태자 소昭의 장래를 보살펴 달라는 위촉을 하였다. 훗날 제 환공 사후 송 양공이 네 나라의 군사를 이끌고 가서 태자 소를 효공으로 즉위시킨 것은 이러한 연유에서였다.

제나라의 혼란을 막아 낸 송 양공은 용기를 얻어 제 환공에 이어 제후의 회맹을 주재하여 패자가 되고자 하는 꿈을 갖게 되었다. 재상으로 있던 목이가 옆에서 "소국의 힘으로 제후국을 동원하는 것은 화근을 불러일으킬 뿐"이라고 간했으나 송 양공은 듣지 않았다. 송 양공은 처음에 위, 주邾, 조, 활 등의 작은 나라들로 회맹을 하여 맹주 노릇을 했을 뿐이고 따로 초, 제, 정鄭, 진陳, 채蔡 등의 그룹이 회맹을 하여 그룹이 나누어지게 되었다.

주 양왕 13년(기원전 639)에 송 양공은 마침내 제나라와 초나라를 포함하는 제후국을 모아 회맹하였지만 실제로 제나라와 초나라는 송 양공이 맹주가 되는 것을 결코 용납하려고 하지 않았다. 공자 목이는 초나라를 믿을 수 없으니 송 양공에게 군사를 이끌고 갈 것을 강권했으나 그는 군사를 데려오지 말도록 자신이 제안했으니 신의를 지키지 않을 수 없다고 하면서 말을 듣지 않았다. 약정한 날에 초, 진陳, 채, 허許, 조, 정나라 등 여섯 나라 제후가 모두 참석했다. 초 성왕은 군사를 매복하고 있다가 송 양공과 더불어 누가 맹주가 되어야 하는가 논쟁을 벌이다가 돌연 양공을 체포하여 초나라로 데려가 연금시켰다.

후에 노 희공의 화해 조정으로 겨우 풀려났지만, 제후의 회맹으로 맹주가 되려던 송 양공의 꿈은 그렇게 물거품이 되고 말았다. 돌아온 송 양공은 정나라가 초나라의 편을 들었다는 걸 알게 되자 목이의 반대를 무릅쓰고 전쟁을 일으켰다. 정나라는 즉시 초나라에 구원을 요청했다. 송군은 정나라에서 철군하여 홍수泓水에서 초나라군과 대치했다. 송 양공은 초군이 강을 건너고 있을 때 공격하자는 신하들의 말을 물리치면서 군자는 정정당당하게 싸워야 한다고 주장하다가 막상 초군이 강을 다 건너 진용이 갖춰진 이후에 공격했지만 대패를 당하고 자신도 부상을 입었다. 이처럼 현실성 없이 인의를 내세우는 허망한 인의를 송양지인宋襄之仁이라고 비난하게 되었다.

송 양공은 당시 천하를 돌며 유랑 중이던 진나라의 중이가 오자 환대하며 말을 20마리 주기도 했다. 후에 제 환공에 이어 진정한 패자가 된 것은 바로 이 진 문공이었다. 홍수 전투에서 부상당한 송 양공은 머지않아 사망하였다. 송 양공은 잠시 회맹을 주재한 적이 있으므로 춘추오패의 한 사람으로 넣기도 했으나 진정한 패자로 등극한 바는 없다. 사마천의 『사기』에서도 오히려 이복형인 재상 목이가 더 나은 인물이었다고 평가했다.

진 목공과 송 양공은 패자로서의 위상이 약하여 준패자로 보는 경우도 많다. 시대적으로 제 환공과 진 문공에 이어서 같은 시대에 있었으므로 여기에서 오왕 합려나 월왕 구천에 앞서 소개한 것이다.

8. 오왕 합려 ― 초나라를 이긴 패자

춘추오패를 꼽으면서 앞서 세 사람은 대부분 일치하지만, 나머지 두 사람의 경우는 차이가 나는데 오왕 합려와 월왕 구천을 언급하는 경우가 많으므로 이들을 소개한다.

오왕吳王 합려闔閭는 태백太伯의 후손이라 희성姬姓이며 이름은 광光이다. 오왕 제번의 아들이고 부차夫差의 아버지다. 19년간 재위하면서 초나라에서 망명 온 오자서伍子胥를 발탁하여 재상으로 삼고 손무를 장수로 삼아 변방의 작은 나라를 일약 중원의 제후국과 비등하게 발전시켰다.

사실 합려가 왕위에 오르는 과정도 파란만장했지만, 어렵사리 왕위에 오른 후에도 오나라의 처지는 여러 가지 어려움에 처해 있었다. 중원의 남쪽에 초나라는 강력한 세력을 형성하고 있었고 남쪽의 월나라도 강한 힘을 오나라 쪽으로 밀어붙이고 있었다. 합려는 어질고 능력 있는 인재를 적극 유치하였다. 마침 초나라에서 쫓겨 온 오자서를 얻을 수 있었던 것은 결정적인 행운이었다. 오자서에게 외교를 맡기고 백비伯嚭에게 행정을 맡겨 함께 국사를 논의하도록 했다.

또 오자서의 추천으로 병법가 손무孫武가 동참하였다. 『손자병법』을 남긴 바로 그 유명한 장수가 오나라의 군사를 이끌고 초나라를 공략할 준비를 철저히 추진했다. 그는 우선 초나라의 부용국인 서徐나라를 쳐서 멸망시켰다. 초에서도 어쩔 수가 없었다. 오왕 합려의 일련의 개혁조치로 인해 오나라는 강한 경제력을 갖추게 되었고 이를 바탕으로 강력한 군사력을 운용할 수 있게 되었다. 오왕 합려 3년에 오나라는 초나라를 공략했지만, 손무의 뜻에 따라 도읍을 공격하지는 않고 돌아왔다.

6년이 지난 합려 9년(기원전 506) 오나라는 당唐, 채蔡와 더불어 마침내 초나라의 수도 영郢(호북성 강릉)에 진입했다. 오나라가 초의 도읍을 유린하여 거의 멸망의 지경에 이르자 초 소왕昭王은 수隨나라로 피신하고 조정 대신 신포서申包胥는 진秦나라로 달려가 칠일 밤낮을 울며 구원을 요청하여 마침내 지원 군사를 보내 다시 초나라를 수복할 수 있었다. 그때 남쪽의 월나라에서 오나라를 침공하였고 합려의 동생 부개夫槩가 난을 일으켜서 급거 귀국해야 했으므로 오왕은 도망친 초왕을 끝까지 추격할 수 없었다.

이듬해 합려는 태자 부차를 보내 다시 한번 초나라를 공략하여 번읍番邑을 취하고 계속 밀어붙여 초나라는 이에 밀려 수도를 옮기기까지 하였다. 오나라는 한때 중원 제후국 사이에 강대국으로 명성을 날렸다. 10년 후 합려는 원수를 갚으려고 월나라로 쳐들어갔으나 월나라 범려范蠡의 책략에 막혀 전투 중에 중상을 입고 죽게 되었다. 그는 아들 부차에게 원수를 갚아 줄 것을 유언으로 남겼다.

춘추오패에 오왕 합려라고 말하고 있지만, 엄밀히 말하면 그 아들 부차의 업적과 함께 엮어서 보아야 할 것이다. 부차는 부친의 원수를 갚기 위해 우선 월나라를 제압하였고 제 경공이 죽자 제나라를 격파하였으며, 서북으로 멀리 진출하여 진晉나라와 황지黃池에서 회맹함으로써 중원에서 패자의 자리를 차지하게 되었으니 부왕 합려와 더불어 오패의 대열에 넣고 함께 논의할 만하다. 다만 월나라를 제압하였을 때 구천을 살려 둔 것이 훗날 그의 마지막 발목을 잡았다.

부차가 수천 리 밖의 황지에서 회맹하던 순간 본국의 수도는 구천의 월나라 군사에 유린당하고 있었다. 앞서 오왕 부차에게 북벌에 앞서 월나라를 먼저 멸망시켜야 한다고 극력 간언하던 오자서는 모함을 받아 오왕의 칼을 받고 자결하면서 자신이 죽으면 눈알을 동문에 걸어 두도록 하여 오나라가 망하는 꼴을 보고야 말리라 했다는데, 오자서 사후 9년 만에 과연 그날이 왔다.

9. 월왕 구천 – 와신상담으로 승리한 패자

월왕越王 구천句踐은 대우大禹의 후예라고 하며 월왕 윤상允常의 아들이다. 월나라 패업의 기초를 쌓고 왕을 처음으로 칭한 사람은 윤상이다. 월왕 이전에는 월후越侯 혹은 월자越子였다. 오왕 합려가 월나라와의 전쟁 부상으로 죽고 태자 부차가 즉위하자 아버지의 원수를 갚는다고 대거 월나라를 침공하였다. 구천이 이끄는 월나라 군사는 회계산으로 후퇴하여 방어하면서 한편으로 오나라 태재太宰인 백희에게 뇌물을 보내 강화를 요청하였다. 호색한이었던 부차에게 미녀도 보내면서 강화를 진행했다.

오자서는 구천을 살려 둬서는 안 된다고 강력히 주장했지만, 부차는 월나라와 강화를 하고 구천을 살려 주었다. 구천과 범려는 오나라 도성에 머물며 지극정성으로 부차를 모시며 환심을 샀다. 그리하여 3년 만에 귀국한 구천은 와신상담臥薪嘗膽으로 복수의 의지를 잊지 않도록 하며 월나라의 국력을 키우고 은밀히 식량을 비축하며 병사를 양성하였다. 구천은 범려와 문종을 중용하고 나라를 회복하는 데 전심전력을 쏟으면서도 오나라가 미처 눈치채지 못하도록 했다.

이때 오왕 부차는 서쪽으로 초나라를 격파하고 북으로 서, 제, 노나라를 쳐서 동남 지역의 패자가 된 상태였다. 그리하여 서북으로 진군하여 진晉 정공定公과 황지에서 만나 회맹을 하고자 하였다. 오나라로서는 북벌이 완성되어 제후의 맹주가 되려는 순간이었는데 오나라 수도는 구천의 월나라 군사에게 침공당하고 있었다. 오나라가 패자에 오르는 순간은 그만큼 순간적이었다.

황지의 회맹에서 오나라가 맹주가 되었다는 기록과 진나라가 맹주가 되었다는 기록이 각각 존재하므로 최후의 판단은 쉽지 않다. 하지만 오월쟁패의 입장에서 오나라의 극성과 몰락이 너무나 극적으로 변하는 상황을 그리기 위해 오나라 맹주설이 나온 것이 아닌가 생각된다.

월왕 구천은 오나라 부차가 도성 고소姑蘇를 비우고 수천 리 떨어진 황지에 가 진나라와 회맹을 하고 있을 때를 기회라고 보고 일시에 오나라를 공격했다. 급거 귀국한 부차는 어쩔 수 없이 강화를 맺었다. 이듬해 월나라의 공격으로 오나라 부차가 고소산에 갇혀 포위되어 강화를 청했으나 받아들여지지 않자 자살로 생을 마감했다. 이로써 오나라는 멸망했다. 월왕 구천은 오나라의 뒤를 이어 회하를 넘어 서주舒州에서 제, 송, 진晉, 노나라를 불러 회맹하고 주 원왕元王으로부터 정식으로 동방의 백伯으로 지명받았으니 패주로 인정받은 것이다.

오왕 부차가 구천을 석방하여 귀국한 해부터 구천이 와신상담의 고초를 겪고 재기하여 오나라를 멸망시킨 때까지 무려 18년의 세월이 흘렀다. 월왕 구천은 춘추 시대 최후의 패자가 된 것이다. 그로부터 20년 후에 진晉나라의 조趙·위魏·한韓 삼가의 본격적인 삼진三晉 분할의 단초가 시작되어 전국 시대의 서막이 열리기 시작했기 때문이다. 월나라는 구천 이후로 130년을 더 지속했다.

월왕 구천이 오나라를 멸한 후 공신 범려는 토사구팽兎死狗烹의 명언을 남기고 은퇴하였다. 이름을 도주공陶朱公으로 바꾸고 장사를 하여 부자가 되었다고도 한다. 범려는 문종에게 함께 은퇴하자고 말했으나 말을 듣지 않은 문종은 머지않아 구천으로부터 검을 받고 자결로 마감했다. 오왕에게 바쳐진 월나라

미녀 서시西施는 오나라가 멸망하면서 어떻게 되었을까? 그녀의 최후에 대해서 믿을 만한 기록은 없다. 지금은 여러 가지 전설이 남아 전하고 있을 뿐이다.

오나라가 망하자 자신의 사명을 완수한 것에는 스스로 위안하면서도 오왕 부차에게 미안한 마음에 자결했다고도 하고, 범려가 은퇴하면서 서시를 데리고 함께 사라졌다고도 한다. 물에 빠뜨려 죽였다는 설도 여러 가지인데 구천이 데리고 후궁으로 삼으려 하니 망국의 화근이라고 하며 범려가 빠뜨렸다는 설, 구천의 왕후가 빠뜨렸다는 설, 망국의 한을 품은 오나라 사람들이 빠뜨렸다는 설, 구천 자신이 은혜를 원수로 갚아서 물에 빠뜨렸다는 설 등이 있다.

사실 명나라 때 이미 여러 가지 설이 있었으니 『열국지』에서는 이를 일일이 풀이하고 있다. 우선 서시가 월나라로 돌아와 죽었다고 밝히면서, 구천이 승전하여 월나라로 돌아올 때 서시를 데리고 오니 월 부인이 "이 여자는 망국의 화근이니 남겨 두어 무엇하랴?" 하면서 몰래 유인하여 돌을 매달아 강물에 던져 죽였다고 했다.

그리고 이어서 세상에 와전되기를 범려가 데리고 오호로 들어갔다고 했는데 처자식도 버리고 홀로 은거하는 범려가 오왕의 궁중 여자를 뭐하려고 데려가겠느냐고 반문했고 또 월왕이 미색에 빠질까 걱정하여 범려가 서시를 강물에 던졌다고 하는 말도 잘못이라고 했다. 그리고 나은羅隱의 시를 인용하며 국가 흥망의 이치는 때가 있는 것이니 공연히 서시에게 망국의 잘못을 뒤집어씌운다고 비판하고 있다. 후에 구천이 죽자 월나라도 차츰 약화되었고 결국 초나라에 의해 멸망되었다.

5장
『열국지』의 전국칠웅

　전국 시대에 이르면 일곱 나라의 지속적인 경쟁 속에서 군주가 부침하였고 재상과 장수가 부단히 출현하였지만, 군왕이 춘추오패처럼 명확하게 드러나는 경우는 오히려 적은 편이다. 아마도 그러한 까닭에 『열국지』의 작가는 전체 80여 회에서 춘추 시대를 중심으로 상세히 묘사하고 막상 전국 시대의 경우는 25회의 분량으로 간추려 놓은 것으로 보인다.

　전국 시대의 각 나라를 이끈 여러 군왕 중에서 비교적 이름이 있는 경우는 진秦나라의 소왕昭王과 진왕 정政(진시황), 제나라의 선왕宣王과 위왕威王, 초나라의 회왕懷王과 도왕悼王, 연의 소왕昭王, 조趙의 무령왕武靈王, 위魏의 혜왕惠王, 한의 소후昭侯 등이 거론된다. 여기서는 각 나라별로 간략히 살펴본다.

1. 진나라

진秦나라는 상앙의 변법을 성공적으로 받아들인 효공孝公 때부터 비약적인 발전을 시작하여 전국 시대의 강대국으로 발돋움하였다. 다음 혜문왕惠文王이 등극하고 상앙은 처형되었지만, 변법은 그대로 추진되었다. 이 점이 초나라와 달랐다. 초나라에서는 오기의 변법이 적극적으로 시행되었지만 왕이 바뀌자 귀족들의 반발로 모두 무산시켰기 때문이다.

소왕 때 잠시 맹상군을 재상으로 초빙하기도 하였다. 조趙나라에 인질로 가 있던 공자 자초에게 여불위呂不韋가 지원을 아끼지 않았고 결국 그가 장양왕莊襄王이 되었다. 그가 조나라 한단邯鄲에 인질로 있을 때는 이름을 이인異人이라고 했다. 진나라는 인질의 안위와 관계없이 조나라를 수차례 공격하여 그는 조나라에서 큰 곤경에 처해 있었다. 여불위는 그의 가치를 알아보고 물심양면으로 그를 지원하였다. 기화가거奇貨可居라는 고사성어는 이를 말한다.

여불위는 친아들이 없었던 태자비인 화양부인에게 선물과 좋은 말로 유세하여 이인을 양자로 삼도록 하였고 초나라 출신의 화양부인을 감안하여 이름도 자초子楚로 개명하도록 했다. 여불위는 그를 조나라에서 도망쳐 진나라로 귀국시켜 태자로 옹립하도록 주선하고 마침내 그가 즉위하자 자신은 상국이 되어 진나라 정치를 이끌었다.

장양왕은 즉위한 해에 동주와 제후들이 모의하여 공격해 오자 이를 미리 알고 여불위를 시켜 동주를 멸망시켰다. 그는 8백 년을 이끌어 오던 주나라를 멸망시킨 진나라 군주가 된 것이다. 그는 강력한 나라의 기반을 마련하였지만, 35세의 장년에 사망하여 태자 정(후의 진시황)이 왕위를 이어받았다.

태자 정은 진왕이 되어 본격적인 통일 전쟁을 추진한다. 그리고 재위 26년 만에 육국을 멸하고 천하를 통일하니 그가 바로 진시황이다. 진왕 정은 조나라 한단에서 조희의 아들로 태어났다. 아버지 자초가 태자가 되고 즉위한 후에 자신이 태자가 되었지만 부왕이 불과 수년 만에 사망하자 13세에 즉위했다. 그는 22세에 성인식을 거행한 후 노애의 반란을 평정하고 오랫동안 진나라 정권을 주무르던 여불위를 제거하여 실질적인 친정親政을 시작했다.

이사李斯 등을 발탁하여 10년 사이에 한, 조, 위, 초, 연, 제의 여섯 나라를 멸하고 그의 나이 39세에 마침내 천하를 통일하니 기원전 221년의 일이었다. 『열국지』는 그의 통일과 진시황으로서 군현제를 실시하는 것으로 마무리하고 있다.

2. 제나라

제齊나라는 전국 시대가 되면서 본래 강태공의 후손에서 가신인 전씨田氏로 군왕의 씨가 바뀌게 되었다. 나라 이름은 그대로 제나라로 불리고 있었으나 춘추 시대와 전국 시대의 제나라는 사실상 다른 나라였던 것이다. 그래서 따로 전제田齊로 불리기도 한다.

제 위왕威王은 전국 시대 이후 처음으로 왕호를 쓴 군왕이었다. 이로부터 기존의 초나라와 오월을 제외한 중원의 제후국들이 다투어 왕호를 쓰게 되며 주 왕실의 권위는 더욱 약화되었다. 제 위왕은 탈출해 온 손빈孫臏을 군사로 등용하여 위魏나라 방연龐涓과의 대결에서 계릉 전투를 승리로 이끌고 마릉 전투에서 위나라를 완파시켰다. 기원전 354년 위 혜왕이 조나라 한단을 공격하자 조나라의 요청으로 출병한 제나라의 손빈은 한단을 구하러 가지 않고 위나라의 수도인 대량大梁을 직접 위협함으로써 조나라를 구출하였다.

위나라로 급거 귀환하던 방연은 계릉에서 기습을 받아 대패했다. 다시 10여 년 후, 위나라가 한나라를 공격하자 역시 제나라에 구원을 요청했다. 손빈은 퇴각으로 위장하여 위나라 군사를 유인한 후 마릉에서 대패시켰다. 패전한 방연은 그 자리에서 자결했다. 손빈과 방연의 전략 싸움은 『손방연의』로 따로 소설화되어 유행하였다.

제 위왕은 전국 시대 제나라를 천하제일의 강국으로 만든 인물이었다. 스스로 왕호를 쓰면서 주나라를 무시하려고 했지만, 천하의 제후 앞에서 호령을 하려면 여전히 주 천자를 받들어 일찍이 제 환공이나 진 문공의 전례를 거울삼아야 한다는 간언을 받아들여 주 열왕烈王을 찾아 알현하니 주 천자는 그를 패자로 승인했다. 그는 수도인 임치臨淄의 서문 아래에 직하학궁稷下學宮을 만들어 제자백가들을 모아 적극 지원하기도 했다.

다음의 선왕 대에도 직하학궁은 번창했다. 여기에는 맹자와 순자, 고자, 추연, 노중련 등이 포함되어 있었다. 이로 인해 사상과 학술의 기초가 다져지고 국운이 융성해졌다. 후에 직하학궁이 쇠락하자 국세가 약해지고 결국 몰락으로 이어지게 되었다.

제 선왕宣王이 종리춘鍾離春이란 추녀를 왕비로 취한 일은 유명한 에피소드다. 국력이 강력하여 왕이 자만에 빠져 오락과 음란에 심취하게 되었을 때 종리춘이란 못생긴 여자가 찾아와서 왕을 찾았다. 무염無鹽이란 곳에서 온 여자인데 후궁으로 들어가 왕을 뒷바라지하겠다고 자원한 것이었다. 사람들은 비웃었고 왕은 호기심에 그녀를 불러들여 물었다. 그녀는 눈을 치켜뜨고 입을 벌려 이를 드러내고 두 손을 들어 무릎을 치면서 두 번 소리쳤다.

그리고 그 숨은 뜻을 일일이 설명했다. 적이 쳐들어와 봉화가 오르고 나라가 위태로운데 신하가 옳은 말을 하는 것을 가로막고 있으니 아첨하는 간신을 물리치고 잔치와 환락에 빠진 설궁을 무너뜨려야 한다는 뜻이라고 풀이했다. 왕은 순간 화를 냈지만 곧이어 죽음을 무릅쓰고 자신의 허물을 솔직하게 밝힌 종리춘에게 감동하여 그녀를 왕비로 삼고 무염군이란 칭호를 내렸다. 수많은 역사적 사건의 화근으로 작용되는 『열국지』 속

의 여자 이야기 중에서 특별하게 왕의 잘못을 지적하고 나라의
다스림에 도움을 준 종리춘의 고사는 신선한 이야기로 꼽힌다.

3. 위나라

위魏나라 문후文侯는 삼진 분할 이후 위나라의 첫째 군주이며
전성기를 이끌었다. 오기와 악양, 서문표 등의 인재를 등용하
여 위나라의 위상을 드높였다. 문후는 일찍이 공자의 제자인 자
하子夏, 전자방田子方, 단간목段干木 등으로부터 수학한 적이 있었지
만 정치에서는 법가적 개혁을 추진하였고 오기吳起를 발탁하여
진나라 하서의 땅을 빼앗았다. 이때 장수 악양樂羊을 시켜 중산
국을 공격하도록 했다. 그러자 중산국은 자국에서 벼슬을 살던
악양의 아들을 인질로 삼고 대항했다. 악양이 꿈쩍도 하지 않자
아예 그 아들을 잡아 국을 끓여 보냈다. 악양은 태연하게 그 국
을 받아 마시고 중산국을 쳐서 멸망시켰다.

『열국지』 제85회에는 악양자의 대의멸친 이야기와 서문표西
門豹가 업鄴 지역을 다스리며 처녀를 물에 빠뜨리는 악습을 고
친 이야기가 함께 나온다. 그러나 중산국이 이때 완전히 없어

진 것은 아니었다. 20여 년 뒤에 다시 부흥하여 도읍을 옮기고 80여 년의 전성기를 지나서 조나라 무령왕 때 비로소 완전히 멸망했다.

위 문후에 이어 무후武侯는 전쟁을 일삼았고 혜왕惠王은 연이어 실패하여 국세를 약화시켰다. 혜왕은 수도를 대량으로 천도하여 양혜왕梁惠王으로도 알려져 있다. 『맹자』의 첫머리에 나오는 양혜왕이 바로 그다. 위나라 건국 이후 세 번째 군주인데 그로부터 왕의 칭호를 쓰고 있다.

양혜왕은 재상인 공숙좌가 임종 전에 공손앙을 추천했지만 받아들이지 않았다. 그를 재상으로 쓰지 않으려면 인재를 다른 나라에 빼앗기지 않으려고 아예 죽여 없애야 한다고까지 제안했지만, 혜왕은 그를 등용하지도 않았고 또 잡아 죽이지도 않았다. 위나라는 그렇게 해서 공손앙을 놓쳤다. 그가 바로 진나라 효공에게 등용된 상앙商鞅이다.

상앙이 진나라의 군사를 이끌고 위나라를 공격하자 이겨 내지 못하고 결국 수도를 안읍安邑에서 대량으로 천도하게 되었다. 혜왕은 방연의 병법을 굳게 믿고 그를 총사령관으로 삼아 한韓나라를 침공했으나 한나라를 완전히 정복하기 전에 구원 요청을 받은 제나라의 손빈이 군사를 이끌고 오자 대량성의 정예군과 한나라 토벌군이 연합하여 반격하였다. 손빈은 퇴각하는 척하며 위나라 군사를 유인하여 결국 마릉에서 그들을 대패시켰다.

4. 초나라

초楚나라 위왕威王은 도왕 이후에 국세를 가장 강성하게 만든 군주였다. 그는 평생 동안 춘추 시대 오패의 한사람이었던 초 장왕의 위업을 다시 한번 달성해 보려고 무진 애를 썼다. 당시 제 위왕과 위 혜왕은 서주에서 회맹하여 서로 왕위를 인정하고 연합하여 초나라를 치기로 하였다. 이에 초나라는 기원전 333년에 대군을 몰고 동정에 나서서 월나라를 쳐서 그 땅을 차지하고 제나라를 대패시켰다. 서주를 포위하였다가 후에 제나라 장수 전반田盼에게 비록 패했지만, 이로 인해 초나라의 명성은 크게 떨치게 되었다.

소진蘇秦은 합종책의 방안을 가지고 서쪽의 진나라를 막아 내야 한다고 육국을 차근차근 설득해 나갔는데 연燕, 조, 한, 위,

제에 이어 초 위왕을 찾아와서 설득하였다. 소진은 유세가이기 때문에 누구를 만나든지 그쪽의 입장을 재빨리 파악하여 능란하게 논리를 폈다. 초나라는 강대국이기 때문에 결코 진나라에 굽힐 필요가 없으며 육국과 연합하여 진나라에 대항하는 것만이 살길이라고 초 위왕을 설득했다. 그의 유세 글은 「소진위조합종설초蘇秦爲趙合縱說楚」의 제목으로 『전국책』에 지금 전하고 있다.

마침내 초 위왕은 소진의 합종책을 따르기로 하였다. 초나라까지 설득하는 데 성공하자 소진은 육국의 재상 관인을 차고 군림할 수가 있었다. 그러나 이때 진나라를 찾아간 장의張儀는 또 다른 논리를 펴서 연횡책으로 나머지 육국을 설득할 수 있다고 자신했다. 소진과 장의는 귀곡자에게서 동문수학한 유세가였다.

위왕의 뒤를 이은 회왕懷王은 초나라의 국력을 기울게 만든 허약한 군주다. 초나라는 장의의 주장에 기울면서 나라의 근간이 흔들렸다. 회왕은 본래 소진의 합종책을 수용하여 육국 동맹을 맺고 종약장으로 추대되었다. 서쪽의 강대국 진나라를 대항할 수 있는 가장 강력한 국력을 갖고 있었던 초나라로서는 그만한 위상을 가지고 있었던 것이다. 그러나 불과 5년 뒤에 장의의 연횡책에 말려들어 제나라와의 우호 관계를 끊고 말았다.

진나라는 장의를 초나라에 보내 600리 땅을 주겠다고 하면서 진나라와 관계를 맺고자 하였다. 그 간교한 음모를 파악하지 못한 회왕은 끝내 동맹도 끊어지고 진나라의 공격으로 땅까지 잃고 패하여 울분에 빠지게 되었다. 신의를 저버리고 작은 욕심에 빠진 혹독한 결과였다. 진 혜문왕惠文王이 한중 땅을 절반 나누자고 화해의 제스처를 보내 왔지만, 장의를 잡아 죽이려는 생각만으로 거절하였다. 세 치 혀로 전국 시대의 각 나라를 쥐락펴락했던 장의는 자진해서 초나라로 갔다. 그리고 회왕의 최측근과 왕의 부인을 매수하여 어렵사리 살아서 돌아갔다.

진 소양왕昭襄王이 맹약을 맺자고 회왕을 부르니 초나라 조정에서는 격렬한 찬반논쟁이 일었지만 회왕은 군대를 거느리고 회맹에 나갔다가 결국 억류되고 말았다. 군주가 이국땅에서 억류되었으니 나라 꼴이 말이 아니었다. 제나라에 인질로 가 있던 태자가 돌아와 왕으로 즉위하니 그가 경양왕頃襄王이었다.

중국 최초의 시인으로 추앙받는 굴원屈原은 바로 이때의 인물이었다. 그는 초나라 왕족이며 대부로서 나라의 정사에 적극

참여했다. 진나라 소양왕이 초 회왕을 불러 조정에서 찬반논쟁
이 일었을 때 굴원은 결사반대했다. 당시 초나라는 친제親齊파
와 친진親秦파가 있었다. 결국 소진과 장의가 주장하는 합종과
연횡의 주장과 다르지 않았다. 굴원은 제나라와 연합하여 진나
라의 야욕을 막아야 한다고 주장하고 있었다. 회왕이 진나라
사신의 말만 믿고 가려고 하자 굴원이 나서서 극력 막았다

　"진나라는 호랑이나 이리와 같은 나라입니다. 초나라가 진나라
　에 속임을 당한 것이 이미 한두 번이 아니옵니다. 왕께서 가시게
　되면 결코 돌아오시기 어렵게 되실 것입니다."(제92회)

　그러나 찬성파는 진나라를 적으로 삼아서는 안 된다고 강조
하며 회왕의 출국을 추진했다. 회왕이 자신의 말을 듣지 않고
진나라에 갔다가 억류되어 나중에는 결국 병사하고 태자 경양
왕이 귀국하여 즉위하자 굴원은 더욱 뜻을 펼 수 없었다. 간신
들의 중상모략으로 강남으로 쫓겨난 굴원은 강호를 방황하며
『이소離騷』등의 작품을 지어 안타까운 마음을 담고 마침내 멱라
강에 뛰어들어 죽었다.

5. 조나라

조趙나라 무령왕武靈王은 북방의 군사 기술인 기마 전술을 도입하여 조나라를 군사 대국으로 발전시킨 군주였다. 그는 중원에서 기존에 활용되던 전차전을 과감히 탈피하고 한 명의 전사가 호복의 바지를 입고 말을 타고 달리며 활을 쏘는 전술을 받아들여 조나라를 강국으로 부상시키는 데 결정적인 역할을 하였다. 조나라는 중산국을 격파하고 영토를 넓혔다. 그러나 무령왕은 태자를 폐하고 차자에게 전위한 후에 스스로 주부主父로 자칭하고 후견인이 되었다. 사실 무령왕이 그때 권력을 내놓을 나이는 아니었다. 불과 40여 세가 되었을 뿐이었기 때문이었다.

그러나 새로 즉위한 혜문왕惠文王에게 집중한 문무 대신은 지나간 권력을 용납하지 않았다. 신하들은 뜨는 해에게 충성을 바치고 지는 해에게는 등을 돌렸다. 주부가 된 무령왕은 어린 동생에게 허리를 굽히는 큰아들에 대해 연민의 정을 느껴 대代 땅을 봉지로 주고 안양군으로 삼았다. 그러다 간신의 부추김을 받은 장자 조장趙章이 반란을 일으켰다가 실패하자 주부가 있는 궁으로 들어가 숨었다. 추격군은 석 달 동안 궁을 포위하여 결국 선왕先王도 굶어 죽게 하고 말았다. 후계자 문제를 서투르게 처리하다가 혼란을 자초한 것이었다.

왕의 호칭을 정식으로 쓴 것은 혜문왕이다. 그때 아버지에 게 비로소 무령왕의 왕호가 추증되었다. 부형의 참혹한 결과 와는 상관없이 조나라는 혜문왕 때 인상여藺相如, 염파廉頗, 평원 군平原君, 조사趙奢 등의 인물이 등장하면서 청명한 정치가 이뤄 지고 강대한 국가로 부상했다. 그의 성공은 자신의 총명한 재 주와 적절한 인재의 발탁에 따른 것이었다.

혜문왕은 즉위한 지 12여 년만인 22세가 되어 비로소 실질적 권력을 장악하고 동생 평원군을 재상으로 삼아서 선정을 베풀 기 시작했다. 인상여는 화씨 벽을 욕심내는 진나라에 가서 능 란한 말솜씨와 대담한 대처로 화씨 벽을 빼앗기지 않고 조나라 에 돌아와서 '완벽귀조完璧歸趙'의 성어를 남겼다. 이는 『열국지』 제96회에 묘사되고 있다. 인상여에 대한 질시로 비난을 하던 염파는 후에 인상여의 본심을 알고 가시나무를 등에 지고 가서 용서를 비는 장면을 연출하여 '부형청죄負荊請罪'의 성어를 남기 기도 했다.

염파는 전국 시대 백기, 왕전, 이목과 더불어 사대 명장의 한 사람이다. 장평 전투에서 진나라의 침공을 성공적으로 막아 냈지만, 모함을 받고 그가 물러나자 조나라 군사는 곧 참패를 당했다. 연나라의 침공도 막아 내서 상국이 되었지만, 도양왕悼襄王의 즉위 이후에 뜻을 얻지 못했다. 염파는 조나라를 위해 혁혁한 공을 세웠지만 끝내 군주의 버림을 받고 망명으로 전전하다 초나라에서 죽었다.

6. 한나라

한韓나라는 삼진三晉 분할 이후 비교적 약한 나라였지만 꾸준히 버티고 살아남았다. 영토가 중원의 한가운데 위치하여 주변 강대국의 침공을 자주 받았다. 한나라는 본래 진晉나라의 공족이었으나 한만韓滿이 한원韓原에 봉해진 이후 본래 희성姬姓에서 한씨韓氏가 되었다. 전국칠웅 중에서는 가장 약했으나 정나라를 멸망시키고 수도를 신정으로 옮겼다.

한 소후昭侯 때 신불해申不害가 재상을 맡아서 부국강병을 추진하였고 이로 인해 국내가 안정되고 전성기를 맞았다. 그는 법가의 대표적인 인물로 상앙商鞅과 더불어 형명刑名의 학을 추진한 인물로 알려져 있다. 훗날 역사서 『삼국지』에서 조조를 평가하면서 신불해와 상앙의 법술을 본받았다고 했으니 그들의 치국 방법이 유사하다고 본 것이다.

한비자는 이들의 법가 사상을 집대성했다. 그러나 한나라는 여전히 서쪽 진나라의 공격을 받았다. 또 동쪽에서 위나라가 방연을 앞세우고 쳐들어 왔을 때 제나라에 구원을 요청하여 손빈이 출병함으로써 겨우 포위가 풀려 살아남을 수 있었다. 한비韓非는 한나라가 멸망위기에 처해 있자 부국강병의 책략을 저술했는데 바로 『한비자』였다.

하지만 정작 한나라에서는 활용되지 못하였고 진왕 정이 관심을 가지고 그를 불러들였다. 순자의 문하에서 동문수학으로 절친했던 이사가 재상으로 있으면서 진왕에게 그를 소개했지만 왕이 호감을 가지고 한비를 중시하자 이사는 이를 시기하여 한비를 모함하여 투옥하고 결국 음독자살하도록 하였다.

7. 연나라

연燕나라 소왕昭王은 악의樂毅를 장수로 임명하여 연나라를 일시에 부흥시킨 왕이다. 부왕 때 나라는 제나라에 복속되었고 왕은 자살하고 태자는 살해되었다. 공자 희직姬職이 제나라의 속국이 되는 조건으로 연왕에 즉위하여 꾸준히 부국강병과 인재의 등용에 힘을 썼다. 그는 곽외郭隗를 스승으로 삼고 악의를 등용하였다. 소왕은 한·위·조나라와 연합하여 제나라를 공격했다. 삼국이 회군한 후에도 연나라 악의의 군사는 임치에 진주하였다.

패전한 제 민왕愍王은 거莒 땅으로 피신하여 항거하였지만, 구원 온 초나라의 장수 요치가 배신하여 결국 죽음을 면치 못했다. 그러나 전단田單이 수비하는 즉묵卽墨은 건재하였고 새로 즉위한 제 양왕襄王의 항거는 계속되었다. 이때 악의와 전단의 치열한 다툼의 사연은 후에 전상평화오종의 하나로 『악의도제칠국춘추후집樂毅圖齊七國春秋後集』에 실려 있으며 또 『악전연의樂田演義』의 소설 작품으로 따로 전하고 있다.

연 혜왕은 태자 시절에 악의를 싫어하여 자주 대립하였고 즉위하자 곧 악의를 추방했다. 그러자 악의는 조나라로 망명했다. 태자와 관계악화 때문에 정권이 바뀐 후에 죽음에 이른 것은 진나라의 개혁을 주도한 상앙도 마찬가지였다. 연 혜왕은 악의가 없자 제나라의 침공을 막아 내지 못했고 나라는 더욱 쇠퇴하게 되었다. 악의가 빼앗은 70여 개의 성은 다시 제나라가 탈환하였다.

『열국지』의 마지막 부분인 106회와 107회에 걸쳐 나타나는 연 태자 단이 형가荊軻를 보내 진시황을 암살하려는 계획은 연왕燕王 희喜의 시대에서 일어난 일이다. 그 당시 진나라는 이미 한나라와 조나라를 멸망시키고 연나라를 공략하려는 중이었다. 연 태자 단은 일찍이 조나라에 인질로 있을 때 어린 진시황과 서로 사귄 바 있었다. 그리고 진왕 정 15년에 다시 진나라에 인질로 잡혀갔을 때는 더 이상 우호적이지 않았다. 그는 갖은 모욕을 당하고 도망쳐 돌아온 상태였다.

그는 복수를 꿈꾸었다. 그리고 자객을 뽑아서 보내기로 마음 먹고 사람을 구했다. 마침내 형가를 얻어 마음의 다짐을 받고 진나라에서 도망쳐 온 번오기樊於期의 머리를 베어 그 수급을 가지고 땅을 베어 바친다는 뜻으로 지도를 가지고 진시황을 찾아가도록 했다. 그러나 형가가 진시황을 죽이는 데 실패하자, 연경으로 쳐들어온 진나라 군사를 피해 연왕 희와 태자 단은 요동군의 양평襄平(요양)으로 도망쳤다.

끝까지 추격해 온 진나라 장수는 연왕에게 편지를 보내 진왕이 찾는 것은 태자 단에게 원수를 갚기 위함이니 그 머리를 바치면 연나라를 멸하지 않겠다고 했다. 어리석은 연왕은 그 말을 믿고 은신처에 숨은 태자 단을 찾아 그 머리를 베어 진나라에 바쳤다. 그러나 진나라는 연왕을 포로로 잡고 결국 연나라를 멸망시켰다. 기원전 223년이었다. 오늘날 요양을 관통하는 물줄기를 태자하라고 부르는 것은 그 까닭이다.

6장
『열국지』의 여성 인물

역사의 막후에서 역사를 움직인 여성 인물은 역사 연의 소설에서 빠질 수 없는 인물 유형이다. 세상을 움직이는 것은 남자이지만 그 남자를 움직이는 것은 바로 여자라고 한다. 영웅호걸의 뒤에서 슬기로운 여성이 내조를 한 경우도 많지만 때로는 세상을 엉뚱하게 뒤흔든 여성 인물도 적지 않게 나온다. 이 대목을 좀 더 자세히 살펴보면 열국의 여성 인물사가 되겠지만여기서는 주요 인물과 사건을 소개하는 것으로 대신한다.

1. 천금으로 웃음을 사도록 한 포사

『열국지』의 첫머리에서 서주를 망하게 한 포사의 사연이 그려진다. 포사의 출생 유래는 하夏나라 걸왕桀王 때로 거슬러 올라가 그때 두 마리 용이 나타나 침을 뱉어 놓고 갔다는 것이고 점을 쳐보니 담아 두면 길할 것이라고 하여 나무상자에 담아 두었다. 주나라 여왕厲王에 이르러 상자를 열어 보다가 침이 흘러나와 갑자기 도마뱀으로 변했고 한 어린 궁녀가 그 발자국을 밟고 임신하여 40년 만에 여자아이를 낳았다. 아이는 물가에 버려졌지만, 새들이 보호하여 포褒나라 사람이 거두어 길렀는데 나중에 유왕에게 바쳤다는 것이다.

이야기는 전혀 논리적이지 않게 진행된다. 그야말로 민간에서 제멋대로 꾸며 낸 말보다도 더 황당한 설정이었다. 하나라의 걸왕에서 주나라의 여왕에 이르기까지 폭군의 시대를 길게 뛰어넘어 이어 놓았으니 천년이나 묵은 생명체로 마침내 태어나게 되었다는 것이다. 두 마리 용의 침이라는 것이 무엇을 의미하는지도 모르고, 상자에 담아 두면 길하다는 점괘는 더욱더 맞지도 않는다. 포사의 탄생이 길하다는 말이었던가. 점쟁이 말이 모두 엉터리라고 하지만 일반적인 소설 구성에서는 그래도 예언의 기능을 하는 데 비해 여기서는 무슨 작용을 하는지도 알 수 없다. 도마뱀의 발자국을 어린 여자아이가 밟고 잉태하였다는 신비한 이야기는 건국 영웅의 탄생설화에 어울리는데 역대 악녀의 대표인 포사에게 그러한 신비로움을 왜 부여했는지, 더구나 임신 기간이 길다는 것도 영웅의 탄생을 상징하는 것인데 40년간이나 임신하였다가 마침 이때, 즉 나라가 망하려고 준비하는 때에 태어난 것이 무슨 신비롭고 영험한 일인지, 또 내다 버렸는데 새나 짐승이 도와주었다는 것은 역시 위대한 인물의 탄생과 관련 있는데 포사를 왕후의 자리에까지 오른 위대한 인물로 보았기 때문이란 말인가. 참으로 해석하기 어려운 탄생설화다.

포사는 유왕의 정처인 신후申后와 태자 의구宜臼를 내쫓고 자신과 자신의 아들 백복伯服이 각각 왕후와 태자의 자리를 차지했다. 처음부터 사건의 본질은 바로 종법의 질서를 뒤흔든 적서의 혼란과 적장자 계승의 원칙을 어긴 불의였음을 보여 준다. 태자의 외조부인 신후申侯가 끌어들인 견융에 의해 호경은 유린되고 도망가던 유왕은 죽임을 당하고 포사는 잡혀갔다. 무리한 욕심을 부리다가 결국은 패가망신하게 된 이야기지만, 포사의 출생은 너무나도 신비하게 그려지고 있다.

포사는 천금매소千金買笑의 주인공이다. 유왕의 총희가 되었고 소원대로 왕후와 태자를 내쫓고 자신과 아들을 세웠으면 마땅히 기뻐해야 하는데도 왜 웃음이 없었는지에 대해서는 합리적인 설명이 없다. 비단 찢는 소리를 좋아해서 나라 안의 비단을 징발하여 찢는 소리를 들려주었다거나 전쟁이 없었는데도 봉화를 올려 제후들을 달려오도록 하여 낭패한 표정으로 돌아가는 제후의 군사들을 보면서 마침내 크게 웃었다고 하는 대목도 전혀 합리적이지 않다. 결국 사악한 포사의 이미지를 덧붙이고자 하는 의도로 만들어졌을 것이다.

역사 소설에서 역사적 사실을 최대한 합리적으로 그려 내려고 했지만 사실 이미 사서에 전설적, 미신적 요소가 많이 담겨있는 상태였다. 세월이 너무 오래 지나서 이미 제대로 기승전결이 완비된 사건의 전모를 확실하게 알 수 없기 때문에 역사가들은 조금이라도 관련되는 전설과 설화가 전해지고 있다면 그를 마다하지 않는다. 가능한 선에서 합리적으로 해석하기도 하지만 어떤 경우에는 그보다 신비하고 모호하게 그리는 경우도 있다. 아마도 동주 열국의 이야기를 전개하는 과정에서 가장 원초적 문제로 대두되는 포사의 탄생 과정을 이처럼 신비롭게 지어내지 않는다면 마땅히 설명할 수 있는 근거가 없기 때문일 것이다.

2. 제후를 문란하게 한 선강과 문강

포사의 비현실적인 묘사에 비하면 다음의 두 여성에 대한 기술은 훨씬 더 사실에 근접한 이야기가 될 것이다. 충분히 있을 수 있는 여성의 욕망을 다루고 있기 때문이다. 제齊 희공僖公의 두 딸은 천하절색이었다. 큰딸 선강宣姜은 위衛 선공宣公에게 시집가고 둘째 딸 문강文姜은 노魯 환공桓公에게 시집갔다. 『열국지』 제9회에 나온다. 온갖 우여곡절 끝에 문강의 조카인 애강도 문강의 아들인 노나라의 장공에게 시집갔다. 두 자매와 조카의 이야기는 위나라와 제나라, 노나라를 떠들썩하게 했다.

선강은 본래 위 선공의 아들 급자急子와 약혼하였다. 그러나 위 선공은 며느릿감이 천하일색임을 알고 아들을 송나라에 사절로 보내고 새로 누대를 지어서 시집온 선강을 자신이 차지했다. 무엇인가 첫 단추가 잘못 끼워지고 있었다. 그에 앞서 선공이 공자 때부터 아버지 장공의 애첩인 이강夷姜과 눈이 맞아 사통하여 낳은 아들이 바로 급자였으니, 애초부터 예의염치를 모르는 인물이었던 것이다. 그는 예의염치가 무너지는 춘추 시대를 극적으로 보여 주는 인물로서 안성맞춤이었다.

선강은 아들 둘을 낳았다. 수壽와 삭朔이었다. 선강은 끈질기게 요청하여 선공으로 하여금 위나라 계승자를 자신의 아들로 바꾸려고 했다. 그러나 급자와 수는 이복형제임에도 우애가 매우 깊었다. 공자 삭은 그러한 두 형을 모두 미워하여 뒤에서 은밀히 모함했다. 급자를 죽이려고 사신으로 보냈는데 그 사실을 알고 수가 뒤따라가 급자를 만나 함께 술을 먹고 자신이 먼저 나아가서 대신 죽음을 맞이했다.

뒤늦게 술에서 깨어난 급자도 달려가서 죽어야 할 사람은 바로 자신이라고 말하면서 죽음을 맞고 말았다. 음란하고 어리석은 부모 밑에 참으로 형제의 우애가 남다른 이런 아들들이 있었던 것이다. 역사에서는 못된 성격의 아들 공자 삭이 살아남아서 위나라의 군위를 이었다. 형을 죽도록 한 아우가 나라를 이어받았으니 하극상의 또 다른 모습을 보여 주는 것이다.

문강의 이야기는 더욱 혼란스럽고 상상을 뛰어넘는 막장 드라마의 전형이다. 문강은 이복 남매 사이인 제아諸兒와 은밀히 좋아하는 사이였다. 주나라는 철저히 이성異姓의 여자를 아내로 취하는 제도였으므로 당연히 근친상간의 불륜은 큰 죄였다. 그러나 눈먼 사랑에 빠진 사람들에게는 그러한 예의와 윤리를 상관할 겨를이 없었다. 제 희공은 문강을 노나라 환공에게 시집보냈다. 희공의 사후 제아는 제나라 양공으로 즉위하였다.

시집가서도 친정 오빠를 잊지 못한 문강은 노 환공이 제나라를 친선 방문할 때 함께 와서 내궁에서 따로 양공을 만났다. 이튿날 늦게 궁에서 나온 문강에게 남편인 노 환공이 의심을 품고 따지듯이 묻다가 심한 말다툼이 있었다. 노 환공으로서는 처가에 왔다가 못 볼 일을 당한 것이었다. 제 발이 저린 양공은 누이 문강과 밤을 함께 보내고 이튿날 불안해했다. 환공이 화를 내며 즉시 노나라로 돌아가겠다고 하자 제 양공은 억지로 환공을 불러 술을 먹여 환송식을 하고 따로 팽생을 불러 밀명을 내렸다. 팽생은 돌아가는 수레 안에서 술에 취한 환공의 갈비뼈를 눌러 죽였다. 제나라와 노나라가 원수가 되는 순간이었다.

노나라에서는 세자가 군위에 올랐으니 노 장공莊公이다. 노 장공의 귀국 요청이 있었지만, 어머니 문강은 차마 노나라 궁으로 돌아가지 못하고 제나라와의 변경에 조용히 머물렀다. 장공은 아들로서 부모에 대한 효를 온전하게 하려고 애썼다. 제 양공은 주나라에서 시집온 왕희王姬가 머지않아 죽자 다시 문강을 찾아서 들락거렸다. 그리고 노 장공을 불러 아직 어린 딸 애강哀姜과 혼약을 맺도록 했다. 곁에서 어머니 문강이 강하게 우겨서 아들인 장공은 차마 거절할 수 없었다.

제 양공은 억울하게 죽은 팽생이 멧돼지의 모습으로 나타나자 놀라 자리에 누웠고, 그날 밤 반군에게 잡혀 처참하게 죽었다. 제나라의 혼란이 극에 달한 순간이었다. 문강은 아들 장공을 불러 스무 살이나 차이나는 애강과의 혼인을 완수하도록 강요하였다. 애강은 노 장공에게 있어서는 아버지를 죽인 원수의 딸이었으므로 총애받지 못하고 자식도 없었다. 애강은 장공의 이복동생 공자 경보慶父와 사통하는 사이가 되었고 경보와 함께 반란을 주도하다가 잡혔다.

제나라와 노나라의 혼란을 수습한 사람은 제 환공이었다. 그는 희공의 셋째 아들인 소백이었는데 포숙아의 보좌를 받고 귀국하여 군주에 올랐다. 그리고 포숙아의 추천을 받은 관중을 발탁하여 비로소 나라를 안정시키고 제후들을 호령하여 첫 번째의 춘추오패에 오르게 되었다. 애강은 친정 숙부인 제 환공에게 잡혀 압송되어 처형되었다. 『열국지』에서는 자살한 것으로 묘사하였다. 제나라와 노나라의 두 세대에 걸친 남매간의 사연이 이렇게 파란만장하게 이어졌다. 대체로 잘못을 저지르고 처형된 여성을 『열국지』에서는 자결하는 것으로 마무리시키고 있다. 역시 소설적 재구성의 일종이라고 할 수 있다.

3. 나라 망하고 웃음을 잃은 식부인

식부인息夫人은 성이 규嬀, 씨는 진陳이다. 진陳 장공의 딸인데 당시 작은 나라 식息나라의 임금에게 시집가서 식규息嬀라고 불렸다. 복숭아꽃처럼 아름다운 미모로 인해 도화부인의 칭호도 있다. 그녀는 자신의 미모로 인해 결국 식나라를 멸망에 이르게 하였고 자신은 초나라에 잡혀가 왕후가 되었지만 평생 웃음을 잃고 살아가는 불운한 운명이 되었다. 그녀가 웃음을 잃었다는 것은 충분히 이해가 되는 일이다.

그녀는 식나라의 부인으로 있을 때 어느 날 친정에 가던 길에

언니가 시집가 있는 이웃 채나라를 찾아가게 되었다. 형부인 채나라 애후衰侯는 처제인 식부인의 미모에 반하여 무례한 태도로 희롱을 했다. 깜짝 놀란 식부인은 서둘러 돌아와 남편에게 고했다.

식나라 임금은 스스로 국력이 모자라 직접 채나라를 칠 수 없자 초나라와 결탁하게 되었지만 그 방법이 졸렬했다. 아내의 수모를 갚는다는 것이 처형이 시집간 나라를 아예 망하게 하려는 것이었다. "초나라가 식나라를 공격하는 척하면 채나라가 구원을 올 것이니 초나라는 그 기회에 채나라를 치도록 하십시오." 선한 채나라가 자신을 구원하러 오리라는 것까지 예견하고 있는 상태였다.

초나라 문왕文王은 채나라를 치고 채후를 포로로 잡았다. 포로가 된 채후도 상황을 파악하고 복수를 꿈꾸며 반격을 가했다. 초 문왕에게 권했다. "천하절색인 식부인을 이 기회에 차지하지 않고 무엇을 하시렵니까?" 그 말에 초왕은 식후를 찾아가서 대접을 잘 받고 기회를 보아 그를 포로로 잡았다. 식부인은 남편이 잡혔다는 소식을 듣고 자결을 하려 했지만, 식후의 생명을 살려 주겠다는 약속을 받고 스스로 초왕에게 시집갔다.

시집와서 3년 동안 아들을 둘이나 두었는데도 식부인은 전혀 웃음을 보이지 않았다. 초 문왕이 그 까닭을 물으니 식부인이 말했다.

"여자가 평생 두 남편을 섬기고도 차마 죽지 못하고 이렇게 살고 있는데 무슨 면목이 있어 웃음을 보일 수 있겠습니까?"

초 문왕은 그녀의 불행한 인생이 채 애후 때문이라 여기고 결국 채나라도 멸망시키고 말았다. 식부인은 웃음을 보이지 않고 먼저 말을 꺼내는 법도 없었지만, 조용히 문왕을 보필하였고 양생에 힘쓰고 신하를 잘 다루고 교화에 힘쓰며 후궁을 엄히 다스리라는 여러 가지 건의도 하였다. 문왕이 진晉나라를 공략하다 부상을 입고 덧나서 죽고 식부인의 큰아들[장오]이 즉위했지만, 정사를 망쳐 3년 후에 살해되고 그 동생이 임금에 오르니 바로 초 성왕成王이었다.

그 사이에 식부인은 반역을 막아 내고 나라를 안정시키며 외교를 중시하고 어진 신하를 발탁하고 대담하게 개혁하면서 나라를 위기에서 구하였다. 훗날 성왕의 치세에 큰 기반을 다진 것은 다름 아닌 식부인이었다. 단순히 미모의 주인공일 뿐만 아니라 상당한 정치력을 갖춘 인물이었다고 하겠다.

이때 문왕의 동생 자원子元이 영윤으로 있으면서 정치를 했는데 역시 도화부인[식부인]에게 마음을 빼앗겨 지극정성으로 접근했지만, 식부인은 냉담하게 대했다. 시동생이 과부가 된 형수를 흠모하게 된 것이었다. 자원은 도화부인의 마음을 얻으면 왕위를 얻을 수 있을 것으로 여기고 중원으로 세력을 확장하기 위해 정나라를 공격했다. 정나라는 이길 수 없을 것임을 알고 아예 성문을 활짝 열고 백성들로 하여금 평소처럼 살게 했다. 『삼국지』에서도 나오는 이른바 '공성계空城計'였는데 초나라 자원은 그 모습을 보고 당황하여 군대를 철수하고 말았다. 자원은 망신만 당한 꼴이었는데 그 소식을 듣고 도화부인이 한차례 피식 웃었다고도 한다.

도화부인이 궁중에서 와병 중일 때도 자원은 일편단심으로 찾아가 병간호를 하면서 그녀의 마음을 얻으려고 하였지만 실패하고 결국 성왕에게 죽임을 당한다. 식부인은 권모술수가 난무하고 예의염치를 잃어버린 인간 세상의 모습에 더욱 환멸을 느끼고 깊은 궁궐로 들어가 끝내 모습을 드러내지 않았다고 한다. 그녀의 둘째 아들 성왕은 46년간 재위에 있으면서 명군이 되었고 증손자 초 장왕莊王에 이르러 마침내 춘추 시대의 새로운 패자가 되었다.

뛰어난 미모를 가지고 똑같이 웃음을 보이지 않았던 포사와는 전혀 다른 인생을 보여 준 식부인이다. 오늘날 하남성 남양에 식현息縣이 있으며 아직도 식부인을 기리는 많은 사당과 비석이 있다. 그녀가 죽은 이후에 묻었다고 하는 도화묘도 여전히 남아 있다고 한다.

4. 욕심으로 나라를 어지럽힌 여희

여희驪姬는 진晉 헌공이 여융을 공략했을 때, 그들이 화해를 요청하면서 바친 여자였다. 그녀는 헌공의 후궁이 되어 아들 해제奚齊를 낳았고 그녀의 동생 소희는 아들 도자悼子를 낳았다. 여희는 정식 부인으로 승격하자 자신의 아들을 후계자로 삼아야겠다는 욕심이 생겼다. 적장자 계승 원칙을 깨는 혼란이 시작된 것이다. 진 헌공에게는 본래 여덟 아들이 있었지만, 신생申生, 중이重耳, 이오夷吾 등이 현명하여 사람들의 기대를 받고 있었다. 세 아들은 각각 모친이 달랐다.

여희는 진 헌공을 설득하여 세 아들을 멀리 내보내도록 했다. 그리고 계략을 짠 후 태자를 불러들여 후원에서 함께 만났다. 여희는 일부러 머리에 꿀을 발라 벌을 달려들게 하고는 태자에게 벌을 쫓아 달라고 부탁하고 달아났다. 태자는 그것이 함정인 줄도 모르고 벌을 쫓으려 하였다가 여희를 희롱했다는 비방과 모함을 당했다. 여자의 친절은 때로는 의심해야 한다. 또 태자가 보내온 음식에 독을 넣어 헌공에게 바치고 발각되도록 했다. 진 헌공 스스로 태자를 폐위시키도록 유도하였던 것이다.

결국 오랫동안의 공작으로 태자 신생은 견디지 못하고 자결했다. 중이와 이오도 급히 나라를 떠나 망명길에 올랐다. 여희는 마침내 헌공을 설득하여 해제를 태자로 삼고 헌공은 대부 순식荀息에게 후사를 부탁하고 죽었다. 헌공의 장례식에서 대혼란은 일어났다. 이극里克이 새로운 태자인 해제를 죽였더니 순식은 그의 동생인 도자를 후계자로 옹립했다. 이극이 또 도자를 죽이자 이번에는 순식도 따라 죽었다. 순식으로서는 유훈을 받은 신하로서 약조를 지키지 못하였으니 다른 선택이 없었다.

그로서는 충성을 다하고자 한 것이었다.

태자 신생의 친누이는 진秦 목공의 부인이었다. 그녀는 목공을 설득하여 친정 나라의 혼란을 수습해 줄 것을 간청하였다. 그리하여 진秦의 도움으로 이오가 귀국하여 진 혜공惠公이 되었다. 여희는 결국 태자를 무고하여 죽도록 한 죄로 잡혀서 피살되었다. 「여희난정驪姬亂政」은 이렇게 전개되었지만, 상황은 아직 끝나지 않았다.

진秦나라가 두 공자 중에서 어질지 못한 인물을 자신들의 경쟁국인 진나라의 군주로 세워야 유리하다고 생각하여 이오를 지원하였던 것이었다. 19년이나 유랑하다 돌아온 중이가 마침내 진 문공文公으로 즉위한 후에야 비로소 모든 혼란이 마치게 되었다. 여희의 문제도 결국 포사와 거의 다를 게 없다. 종법 사회에서 적서嫡庶의 문제를 함부로 처리했기 때문이다. 여희의 간교한 모략에 빠진 진 헌공의 어리석음이라고 할 수 있다.

5. 춘추 시대 초강력 스캔들의 하희

하희夏姬는 치명적으로 색기가 넘치는 춘추 시대의 여자였다.

그녀는 정나라 목공穆公의 딸인데 진陳나라로 시집갔다. 그리고 그녀와 관계했던 많은 남자가 살아남지 못했다. 그녀의 이야기 배경에는 신비한 꿈의 사연을 덧붙이고 있다. 마치 그녀의 타고난 정력과 방중술이 그냥 만들어진 것이 아니라는 것을 증명하려는 듯이 말이다. 그녀의 꿈에 천인이 나타나 그녀에게 황제黃帝 시대의 소녀素女 채전법이라는 비법을 알려 준다. 왜 하필 그녀의 꿈에 천인이 나타났는지 그녀가 과연 그만큼 신비로운 인물인지는 중요하지 않다. 그녀의 훗날 사연을 통해 보면 그렇게 처리해야 비로소 이해가 될 것으로 보았기 때문일 것이다.

천성적인 미모에 뛰어난 기교까지 갖추었으므로 그녀의 앞날엔 오로지 남녀상열의 일만 나타날 뿐이었다. 그녀가 아직 출가하기 이전에 이복 오빠 공자 만蠻과 사통하였는데 그는 3년 만에 죽고 말았다. 그녀는 진나라 하어숙夏御叔에게 시집가서 아들 하징서夏徵舒를 낳았다. 그래서 남편 성을 따라 하희라고 불렀다. 그녀는 아들이 열두 살일 때 남편과 사별하고 혼자 은거하고 있었다. 하희는 이때 서른 살이 넘었으나 여전히 젊은 몸매를 유지하고 있었다.

얼마 후에 공녕과 의행보가 이 집을 드나들었다. 공녕은 진영공靈公에게 하희를 추천하여 셋이 함께 하희를 만나기도 하였다. 영공은 하희의 아들에게 부친 하어숙의 사마관직을 이어받도록 조치하였다. 젊은 나이에 병권을 손에 쥔 것이었다. 하징서는 영공의 은혜에 보답하기 위해 집에서 연회를 열어 초대했다. 이때 영공과 두 신하는 술에 취해 서로 스스럼없이 농담을 했다. 하징서가 누구를 닮은 것 같으냐고 세 사람이 함부로 말한 것이었다. 이는 하징서 어머니의 문란함을 비꼰 것이었다.

취중농담은 때로 무서운 피를 부른다. 병풍 뒤에서 자신을 놀리는 말을 들은 하징서는 울컥하여 이들을 죽이기로 작정했다. 곧바로 군사로 에워싸고 달려들어 영공을 시해했다. 공녕과 의행보는 겨우 개구멍으로 도망쳐 나와 초나라로 달아났고 하징서는 영공이 취중에 급서했다고 둘러댔다. 대신들과 함께 새 임금을 세우니 진 성공成公이었다.

초 장왕莊王은 도망 온 공녕 등으로부터 하징서의 임금 시해 사실을 듣고 진나라로 쳐들어갔다. 진나라 대신들은 성문을 열고 초군을 맞아들이고 하징서를 잡아 거열형에 처했다. 그리고 하희를 잡아 초나라로 압송했다. 초 장왕은 하희의 미모를 보자 곧 은근한 욕심이 생겼다. 이때 대신 굴무屈巫가 나서서 극력 반대했다. 불길한 여자라는 이유였다. 옆에 있던 장군 자반子反이 그럼 자기에게 달라고 했지만 역시 온갖 이유를 들어서 막았다. 하희는 결국 늙은 양로襄老에게 주어졌다. 진晉나라의 침공에 양로는 자진해서 출전하였다가 전사하였다. 집에서는 양로의 아들 흑요黑要가 계모가 된 하희와 사통하고 있었다.

그러나 굴무는 결코 하희를 잊지 않았다. 하희에게 찾아가 양로의 죽음을 알리고 그의 계획대로 남편의 시신을 찾는다는 이유를 들어 정나라의 고향으로 돌아가도록 조치했다. 굴무는 제나라 사신으로 나간다는 핑계로 초나라를 떠나 정나라로 하희를 찾아가 그녀를 데리고 진晉나라에 귀순하여 함께 살았다. 이때 굴무는 무신巫臣으로 개명했다. 진나라에서는 반가워하며 대부로 삼았지만, 초나라에서는 분노하며 그의 재산과 가족을 모두 몰수하였다.

굴무는 되레 원수를 갚겠다며 오나라를 지원하고 군사 훈련을 하여 초나라에 대항하도록 하였다. 오나라의 초나라 침공은 그러한 계기가 있었던 것이다. 마흔이 넘은 한 여자를 위해 한 나라의 외교 대신이 그동안 쌓아 온 명예와 부를 모두 내던지고 그렇게 혈혈단신으로 나라를 떠나는 예는 고금에도 드문 일이라 하희의 치명적인 미모와 더불어 그녀를 향한 남성들의 끝모를 열정은 신비로움에 가까울 지경이다.

다만 역사에서는 하희를 둘러싸고 일어난 사건과 관계한 남성들의 변천사만 나올 뿐 막상 그녀 자신의 생각이나 말은 거의 드러나지 않는다. 명말 청초에는 많은 음사 소설이 나왔는데 하희를 주인공으로 하는 『주림야사株林野史』(16회)가 있다. 주림은 바로 진陳나라에서 하희가 살고 있던 지명이었다. 명말·풍몽룡의 『신열국지』가 나오고 그중에서 하희에 관한 이야기를 더욱 부연한 소설이 따로 읽혀지고 있었음을 알 수 있다.

6. 직언으로 왕비가 된 추녀 종리춘

종리춘은 중국 사대 추녀의 한사람이다. 산동의 무염無鹽(지금의 동평東平) 출신이고 복성 종리鍾離에 이름은 춘春이다. 종리춘은 제나라 선왕宣王이 정사를 등한히 하고 주색에 빠져 있자 이를 직접 지적하고자 스스로 왕을 찾아온 대담한 여자였다. 앞서 손빈이 기발한 전략으로 방연을 이기고 승전한 이후에 선왕은 나라가 강력해진 것을 믿고 설궁을 지어 주색에 빠져 즐기고 있을 때였다. 나이 마흔이 넘도록 시집을 가지 않은 시골 여자 종리춘이 궁 앞에 나타나서 왕을 뵙겠다고 소리쳤다.

그녀의 모습은 기이할 만큼 특이하게 생겼다. 이마가 움푹 들어가고 눈은 깊었으며 코가 들쳐 있고 목에는 남자처럼 울대가 튀어나왔고 등은 낙타처럼 굽었고 목은 굵었다. 손가락이 길고 발이 컸으며 머리카락은 가을 풀처럼 메말랐고 피부는 옻칠처럼 검었다.

무사들은 모두 비웃으며 참으로 낯 두꺼운 여자라고 빈정댔지만, 종리춘은 아랑곳하지 않고 왕을 알현하게 해 달라고 졸랐다. 이상한 여자가 찾아왔다는 말에 선왕은 호기심이 일어나 그녀를 안으로 불러들여 물었다. 종리춘이 말했다. "은어로 의사를 표시하는 방법을 알고 있습니다." "시험 삼아 은어로 한번 의사를 나타내 보시오, 이치에 맞지 않을 때는 참형에 처하겠소."

종리춘은 즉시 눈을 치켜뜨고, 입을 벌려 이를 드러냈으며, 두 손을 두세 번 들었다가 내리면서 무릎을 쳤다. 그리고 외쳤다. "위태롭구나, 위태롭구나!" 제 선왕과 신하들은 아무도 그녀의 몸짓과 은어의 뜻을 알아내지 못했다. 종리춘에게 그 뜻

을 말하라고 하니 죽이지 않고 용서한다면 감히 말하겠다고
했다.

"눈을 치켜뜬 것은 왕을 대신하여 적의 내침으로 봉화가 오르는
것을 본다는 뜻이고, 이를 드러낸 것은 왕을 대신하여 간언하는
신하를 거절하는 왕의 입을 징계한다는 뜻이며, 두 손을 들어 올
린 것은 아첨하는 간신들을 물리친다는 뜻이고, 손으로 무릎을
친 것은 왕을 대신하여 연회나 베푸는 고대광실을 허물어 버린다
는 뜻입니다."

제 선왕은 화가 나서 당장 데려나가 참수하라고 했다. 종리
춘은 침착하게 왕의 네 가지 과실을 분명히 밝히고 나서 형벌
을 받겠다고 했다.

첫째, 상앙의 변법으로 부강해진 진秦나라가 함곡관을 넘어
제나라로 쳐들어오려고 하는데 지금 제나라에서는 아무런 준
비가 없다며 당장 국방을 튼튼히 하여야 한다고 지적했다.

둘째, 간언하는 신하가 있는 나라는 망하지 않는다고 했는데
지금 대왕은 여색을 탐닉하고 정사를 돌보지 않으며 간언도 받

지 않고 있다고 지적했다.

셋째, 지금 대왕은 왕환과 같은 간신을 총애하고 추연과 같은 허무맹랑한 담론을 일삼는 사람이나 돌보고 있다며, 이들을 모두 내보내야 한다고 지적했다.

넷째, 지금 대왕은 궁실을 짓고 원림을 만들어 백성들의 힘을 탕진시키고 조세를 낭비하고 있으니 이를 하루빨리 무너뜨려야 한다고 지적했다.

또 이러한 네 가지 허물로 인해 제나라는 마치 누란의 위기에 처한 것과 같은데, 대왕이 목전의 안일만 추구하며 환락을 즐기고 있어서는 안 된다고 강조했다. 제 선왕은 다 듣고 나서 한탄하면서 "종리씨에게 말을 못 하게 했더라면 이러한 말을 어디서도 듣지 못했을 것"이라고 스스로 인정하고 즉시 연회를 파하고 종리춘을 데리고 본궁으로 돌아와 왕비로 삼고 다시 제나라를 크게 부흥시키고 종리춘에게 무염군의 칭호를 내렸다.

종리춘의 이야기는 선진 시대 문헌에는 없고 한나라 유향의 『열녀전』에서 덕행과 재주를 겸비한 인물로 비로소 나온다. 그녀의 과감한 용기는 제 선왕이 잘못을 뉘우치고 나라를 바로잡는 데 결정적인 도움이 되었다. 세상에 아름다운 미모와 어질고 슬기로움을 다 같이 갖추고 태어나는 여자는 많지 않다. 비록 추녀일지라도 현명한 재주를 가진 여자는 시대마다 나타난다.

제갈량諸葛亮의 부인 황씨가 그러하다고 하여 조선 시대에서는 『황부인전』이 따로 만들어지기도 했다. 『박씨전』의 박씨도 그 영향으로 만들어져 남성을 뛰어넘는 재주로 외적을 막아낸다.

7장
『열국지』의 제도와 문화

　　『열국지』는 주나라의 문화와 제도를 바탕으로 동주 시대의 역사와 인물을 묘사하고 있다. 제도와 문화를 살펴보는 것은 『열국지』의 배경을 이해하는 데 도움이 될 것이다.

　　주나라는 왕권제를 확고히 하고 분봉제를 시행하였다. 왕권의 강화를 위하여 종법제를 강력히 실행하고 적서嫡庶의 위상을 철저하게 구분하였다. 예악禮樂을 중시하고 효孝와 덕德을 강조하는 윤리의식을 통해 자율적인 질서의 유지를 추구하도록 하였다. 또한 인간과 인간, 인간과 사회, 인간과 자연 사이의 화해를 추구하여 화和를 중국 문화의 핵심 요인으로 형성시키기 시작했다. 역사 변천의 상당 부분이 이러한 제도와 규칙이 제대로 지켜지지 못하는 가운데 다양한 갈등과 모순 속에서 일어나고 있다.

1. 봉건 제도의 시행

주나라는 하늘의 아들인 천자를 중심으로 피라미드의 형태를 띠고 있었다. 지리적으로 중앙은 왕의 직할 영토인 왕기王畿가 있고 종주宗周 호경鎬京과 성주成周 낙읍洛邑을 잇는 지역을 중심으로 자리 잡고 있었으며 사방의 각 지역에는 분봉된 제후국이 자리 잡아 주 왕실을 에워싸고 외적으로부터 지키고 있는 형국이었다. 다시 제후국 너머 사방으로 이민족인 사이四夷가 있었으며 방향에 따라 동이東夷, 서융西戎, 남만南蠻, 북적北狄이라 불렀다.

모든 권력은 천자로부터 나오게 되었으므로 책봉을 받은 제후만이 합법성을 띠고 영토와 백성, 명호名號와 예기禮器를 받을 수 있었다. 그 권력과 지위는 천자가 부여한 것이며 언제든 다시 거둘 수 있었기 때문에 항상 충성을 맹세하고 의무를 철저하게 수행해야 한다. 분봉 제도는 기본적으로 혈연관계에 의

한 것이었으므로 천자와 희성姬姓의 제후 사이는 가족 관계이면서 동시에 군신 관계였다. 천자는 종가이며 종가의 주인이었다. 그러므로 혈연관계를 통한 정치를 하는 데 있어서 효는 가장 기본적인 윤리적 이념이면서 동시에 정치적 이념이었다. 천자와 제후가 부자 관계 혹은 형제 관계였으므로 주공周公은 일찍이 효도하지 않고 우애롭지 않은 제후를 가장 사악한 집단으로 규정하고 이를 물리쳤다.

난亂이란 신하가 임금에게 효도하지 않고 자식이 아버지에게 효도하지 않는 것을 이른다고 『묵자』도 말했다. 충효를 한데 묶어서 말한 것이다. 효는 조상에 대한 존중과 종가에 대한 절대적인 공경과 복종을 해야 하는 개념이므로 이는 종법 사회의 정치를 지탱하는 가장 중요한 무기의 역할을 하게 되었다.

춘추 시대가 되자 가장 먼저 주 왕실의 천자가 영향력을 상실하게 되는 현상이 일어난다. 제후국들이 서로 다투며 소국을 합병하기 위한 전쟁을 수없이 일으키게 된다. 천자에 대한 절대적인 복종이라는 관념이 무너지고 제후 국가의 각자도생各自圖生을 위한 부국강병의 정책을 추진하게 되었다. 국가의 흥망이 군신의 정책과 민심의 향방에 달려 있음을 깨닫게 된 것이다. 이른바 백성을 얻는 자는 흥하고 백성을 잃는 자는 망한다는 민본주의 사상이 나타나게 되었다고 할 수 있다.

물론 백성에게 정치적 권한을 주는 것이 아니라 백성을 나라의 재화로써 중시한다는 생각이다. 국가정책의 결정은 여전히 어진 신하나 똑똑한 책사에 의해서 제안되고 군왕의 독단적인 결정으로 확정된다. 부국이 된다고 해서 복지의 혜택이 골고루 나누어진다고 할 수는 없었지만 역시 부자 나라에 백성이 더 몰리게 되어 있었다.

백성이 모이면 세금이 더 많이 들어오고 군사력이 강해지므로 당연히 강한 나라가 된다. 가혹한 정치를 하는 곳에는 백성들이 가려 하지 않는다. 공자가 천하주유를 하다가 들었다고 하는 가정맹어호苛政猛於虎의 이야기에서 증명된다. 이는 가혹한 정치를 피해서 호랑이의 피해를 입더라도 그곳을 떠나지 않았다는 이야기를 담고 있다.

2. 작위의 다섯 등급

주나라의 작위는 왕王을 제외하면 5등급으로 공후백자남公侯

伯子男으로 구분된다. 중원에서 주나라 왕은 천자를 의미하지만, 이적夷狄의 경우에도 왕을 수령의 명칭으로 사용하기도 했다. 주나라 통치권 안에서도 주 왕실과 비교적 소원하여 변방의 군장으로 치부되는 초楚, 오吳, 월越나라에서 춘추 시대에 이미 왕의 칭호를 썼다. 예컨대 초나라는 일찍부터 초왕이라고 칭했지만, 중원에서는 이를 심각하게 문제 삼지 않았다.

공公은 천자의 최고 중신重臣으로서 주공周公, 소공召公 등이 있었고 제후로서는 송공宋公이 있었다. 후에는 제후의 군장이 대부분 공으로 칭해졌다. 춘추오패에 처음과 둘째로 불리는 제 환공, 진 문공 등이 그러하다. 후侯는 주나라 초기에 주 왕실의 동성 제후들에게 대부분 후를 붙여서 연후燕侯, 노후魯侯, 채후蔡侯, 우후虞侯 등으로 불렀다.

유왕幽王은 포사에 빠진 이후에 태자를 서인으로 만들고 왕후인 신후申后를 폐하고 그 부친 신후申侯를 백작으로 강등하였다. 신후는 유왕의 사후에 다시 후작으로 복위되었다. 후는 춘추 시대에 보편적으로 사용된 작위였다. 주 왕실과 동성이었던 진晉은 진후晉侯였고, 영성嬴姓인 진秦은 진백秦伯으로 불렸다. 춘추 시대 처음으로 패자가 된 제 환공이 제후들과 회맹하여 존왕양이의 기치를 높이 들었을 때 주 왕실에서는 그의 작위를 후작侯爵에서 공작公爵으로 한 단계 높여 주었다.

백伯은 서주 시대에 비교적 작은 제후국에게 많이 사용되었다. 춘추 시대에 백작을 사용한 나라는 정백鄭伯과 조백曹伯 등이다. 『춘추·좌전』의 첫 대목에 나오는 「정백극단우언鄭伯克段于鄢」은 정백인 정 장공莊公이 아우 공숙단共叔段의 반란을 이겨냈다는 내용이다. 진秦나라도 평왕이 동천할 때 어가를 호위하였으므로 자작子爵에서 백작伯爵으로 승급시켜 주었다. 자子의 경우는 초나라가 자작子爵으로 시작하였는데 후에 스스로 왕으로 봉하여 초왕이라고 하였다. 남男은 유일하게 허許나라의 경우에 보인다.

3. 종법 제도와 적서 구분

주나라의 종법 제도는 동아시아의 문화에 큰 영향을 끼친 혈연관계를 중심으로 하는 제도다. 종법에서는 조상 숭배를 기본으로 하고 종족 내부의 존비와 장유 관계를 따져서 질서를 유지하고 대외적인 결속력을 강화한다. 주나라에서 본격적으로 성숙된 종법 제도는 봉건사회 속에서 변모되고 강화되어 당나라 말에 이르러 약화되지만, 송나라 때 다시 예교의 핵심적인 내용의 일부가 되어 정권, 부권, 족권 등과 결합하여 전통 시기를 관통하여 영향을 끼치게 되었다.

종법이란 부계사회의 가부장 제도를 핵심으로 가문의 직계와 방계를 구분하고 적자嫡子와 서자를 차별하며 처와 첩의 위상에 차이를 두고 대종과 소종을 나누는 것을 말한다. 그리하여 왕위나 군위의 계승을 적자로서 장자長子에게 상속하는 것을 기본으로 한다.

이처럼 엄격한 적서嫡庶의 구분으로 왕위 계승의 우선권을 준다는 것인데 그것은 계승대상자의 객관적인 조건이 완벽하게 동일한 경우에 유효하다고 할 수 있지만 실제의 경우에는 다양한 능력 차이가 있고 주어진 환경이 달라 제대로 지켜지지 못하고 있다는 점이 가장 큰 문제였다. 이러한 원칙이 제대로 지켜지지 못하고 왕후나 태자의 폐위 사건이 숱하게 일어나게 됨으로써 역사의 혼란이 가중되었다.

종법 제도에서 적서의 구분은 필수적으로 왕위 계승과 관련이 있다. 정실의 처가 낳은 자식인 적자 중에서 장자를 후계자

로 삼아 천자가 되어야 한다는 이론이다. 적장자의 혈통은 대
종大宗이라는 지위를 대대로 누릴 수 있으며, 그 밖의 아들들은
소종小宗으로서 대종을 보호하고 받들어야 하는 위치에 있다.
그리하면 소종은 제후로 책봉되거나 신하가 되어 형제이면서
동시에 군신 관계로서 맺어지게 된다.

　대종의 권리는 소종의 생사여탈권을 갖는 것이었지만 소종
은 대종에 대한 각종 의무를 다해야 하였다. 특히 조상에 대한
제사의 권리는 대종이 갖고 있었으며 소종은 참가할 수만 있었
고 특히 서자는 아예 참가할 수도 없었다. 대종은 핵심적인 지
위를 차지하였지만, 소종은 그다음의 계급을 가질 수 있었다.

　천자의 적장자가 다음의 천자天子가 된다면 나머지 아들인 소
종은 제후諸侯가 되었다. 제후의 적장자는 다음번 제후가 되지
만 나머지 아들인 소종은 대부大夫가 되었다. 대부의 적장자는
대부의 자리를 세습 받지만, 나머지 아들인 소종은 사士가 되었
다. 모두 이런 식이었다. 이로써 주나라는 사회 질서를 안정시
키고 가족 본위의 종법 제도를 국가의 체제로 확대시켰던 것이
다. 그러나 역사가 반드시 이러한 이론대로 흘러간 것은 아니
다. 수많은 사건이 예외적인 사례로 일어난다.

4. 예악의 형성과 붕괴

주나라에서 형성된 예악禮樂의 제도는 훗날 공자를 비롯한 유가의 핵심적인 사상으로 굳어지고 중국 전통 문화의 핵심을 이루는 주류가 되었다. 주공은 무왕의 사후 성왕을 섭정하면서 제후의 분봉과 종법제를 실행하는 동시에 예악 제도의 정형을 만들어 통치계급으로부터 의식화하는 제도를 확립시켜 나갔다. 예악 혹은 예의禮儀로도 쓰이는 이 전장 제도는 생활 속에서 지켜야 하는 일체의 예절과 의식을 말하는 것이다.

이 규범을 넘어서면 참례僭禮라고 하였고 이를 사회적으로 타기하고 형벌을 가할 수 있도록 하였다. 예의는 개인과 국가의 혼례와 상례, 제례 등을 비롯하여 조빙과 회맹과 같은 행사에 모두 적용하여 정해진 규칙에 따라 시행하도록 하였다. 사회적 등급이 다른 계층에게는 적용하는 예의의 범위도 다르게 처리하여 예禮는 아래로 서민에게는 적용하지 않고 형刑은 위로 대부 이상에게는 적용하지 않았다. 예악 제도를 실질적으로 필요한 계층에 따라 달리 적용하였다는 말이 된다.

예악에서 악樂은 단순한 음악이 아니고 사상적 통치의 도구로 활용된 음악 제도다. 『예기·악기』에서는 예와 악의 가치를 다양하게 비유하여 "예는 민심을 규제하고 악은 민성을 조화시킨다"라고 했고, "인은 음악에 가깝고 의는 예의에 가깝다"라고도 했다.

또 음악의 상태로 정치의 현상을 비유하여 "음악을 보면 그 시대의 정치를 알 수 있다"거나 "치세의 음악은 편안하고 즐거우며, 난세의 음악은 원한과 분노가 넘친다"라고도 했다. 예와 마찬가지로 악의 경우에도 아래의 서민에게는 적용하지 않지만, 대부와 선비가 각각의 악기를 손에서 떼어서는 안 된다고 당부하고 있다. 음악을 통한 정신수양이며 보편적인 사회 교육이라고 할 수 있다.

악기의 제작을 위한 청동기 문명도 주나라 과학기술의 발달을 촉진한 중요한 요소였다. 대형 편종編鐘은 주 왕실뿐만 아니라 훗날 각 제후국에서도 경쟁적으로 만들었으므로 오늘날까지 그 유산을 수많은 출토 문물로 보여 주고 있다.

예악은 인간의 질서를 도덕적 자율성으로 규제하려는 제도다. 춘추 시대에 접어들면서 차츰 예악이 무너지고 인의를 잃게 되었다. 그것은 기본적으로 하극상下剋上으로부터 시작했다.

천자는 제후를 다스리고 제후는 대부를 다스려야 하지만 제후가 힘이 커져서 천자에게 달려드는 형국이 시작된 것이 바로 주 환왕과 정 장공 간의 알력으로 인한 싸움이었다.

주 왕실은 여지없이 무너졌고 환왕은 어깨에 화살까지 맞았지만 어쩔 수가 없었다. 그래도 종국에는 장공이 점잖게 다시 굽히며 겉으로 사과를 하여 부드럽게 넘어갔지만, 그의 눈에는 이미 천자의 위상은 절대적인 것이 아니었다. 춘추오패는 이런 과정에서 나타나며 천자를 호위한다는 존왕양이의 기치를 내걸고 다른 제후들 앞에서 패자의 위상을 보이는 것을 목표로 삼는다.

이 시기는 겉으로만 인의와 예악이 존재하던 시기였다. 그래서 공자가 "임금이 임금답고 신하가 신하답고 아버지가 아버지답고 아들이 아들다운 세상이 되어야 한다(君君, 臣臣, 父父, 子子)"라고 강조했던 것이다. 공자는 질서의 유지가 자율적으로 이루어질 때 가장 아름다운 세상이 된다고 보았지만, 당시 세상은 이와는 정반대로 흘러가고 있었다. 군신과 부자 사이에 수많은 하극상 현상이 나타나고 있었던 것이다. 전국 시대에는 더 이상 인의와 예악을 보여 주려는 체면치레마저도 사라지고 노골적인 사생결투만 남았으니 예악은 완전히 붕괴하고 말았다고 할 수 있다.

5. 효의 문화 전통

오늘날 전통 시대의 유물로 여겨지는 효孝 문화는 주나라 종법 제도의 중요한 산물이다. 효와 덕德의 윤리이념은 종법 제도를 더욱 강화하기 위한 목적에서 강조되었다. 은나라 사람들은 미신을 믿었으므로 대부분 점복을 통하여 신령의 가르침을 받고자 하였지만, 주나라에서는 달랐다. 비록 천명 사상을 믿기는 했지만, 그들은 천신과 조상신을 구분하였다. 하 · 은 · 주 삼대의 교체에 따른 역사적 교훈을 받아서 비록 천명이라는 이념을 가지고 있었더라도 실질적으로는 인간의 능동적 작용을 중시하기 시작했다. 효와 덕이라는 윤리 사상을 제기하게 된 것이다.

사실 제정祭政일치의 제도를 가진 은나라부터 시작된 효 문화는 통치자의 정통성 확보와 정당화를 위한 정치적 도구로 사용되었다. 조상에 대한 제사 문화는 계층 간의 명확한 구별을 전제로 한 종교적 행위였으며 정치 질서를 위한 강력한 의지의 표현이었다. 강력한 봉건 질서의 이면에 종법 제도가 있었고 그것을 가능하도록 한 것이 바로 조상 숭배였다.

그러므로 당시의 효는 오늘날 우리가 말하는 인간의 순수한 심성으로부터 우러나온 조상 숭배나 부모 봉양의 의미보다는 훨씬 더 정치적, 제도적 의미로서 추진된 것이었다고 할 수 있다. 어쨌든 효는 종법 제도의 기본으로 작용하여 부계사회의 질서를 이어 가는 키워드가 되었다.

종법 사회는 가족제, 가장제, 세습제를 포함하고 적장자의 계승 제도를 이어 가는 것이다. 특히 가족의 혈연을 중심으로 하다 보니 인간관계에서의 친소親疏 관계를 극명하게 보여 주게 된다. 서주 시대를 지나고 동주의 춘추 시대가 되었을 때 종법 제도는 상당히 약화되고 예악이 허물어지고 있었다. 인간의 개인적인 욕망이 질서를 허물어뜨리게 된 것이다. 공자의 시대가 되면 예악이 행해지지 않는 정도가 이미 극심한 지경이 되었으므로 자신의 욕망을 억제하여 예로 돌아가자고 하는 극기복례克己復禮의 주장이 나오게 된 것이다.

공자는 예를 인의 개념으로 끌어들여 인의예지신仁義禮智信의 윤리문제로 해결하고자 하였다. 그리하여 가장 기본적인 바탕으로 효를 제시하였다. 초기의 정치적·제도적 의미에서 순수한 마음으로부터 우러나오는 인간 본연의 심성에 호소하고자한 것이다. 그러나 훗날 역시 효는 충을 위한 바탕 혹은 전제로제시되어 충효 사상으로 이어지게 되었다.

6. 경천 사상과 덕치

주나라의 역사는 근 8백 년에 이르러 중국 역대 왕조 가운데가장 오래 지속되었다. 이렇게 긴 기간 동안 정권을 유지할 수있었던 문화적 원인을 생각하면 다음의 세 가지로 요약할 수있다.

첫째는 하늘을 숭배하는 경천敬天 사상이다. 자연적인 하늘과인문적인 하늘을 모두 포함하는 절대적인 우주의 주재자로서하늘의 존재를 인식하고 지상의 절대 권력자인 왕을 하늘의 아들天子로 칭하였다. 이러한 경천 사상은 『주역』에서 발원하였는데 주 문왕이 유리羑里에 갇혀 있을 때 『주역』을 풀어냈다고 하여 주나라의 정통성을 부여하고 있다.

하늘만이 절대적으로 신성하며 인간과 자연의 길흉화복을 주관하고 땅 위의 모든 것을 지배한다고 하였다. 중국인의 생활에 합리적인 발상을 제공하고 절대적인 신성성을 부여한 것은 모두 경천애인敬天愛人의 사상에서 나왔다.

둘째는 덕의 가치를 중시했다는 점이다. 주나라 사람은 예악을 만들어 윤리관을 강화시키면서 "하늘은 친한 바가 없으며 오로지 덕을 가진 자의 편에 선다"고 강조하고 덕을 우선시하고 징벌을 신중하게 처리하고자 하였다. 주나라 사람들은 경천과 애민, 그리고 명덕을 강조하는 동시에 무고한 백성을 해치지 않고 함부로 징벌을 행하지 않도록 하였다.

덕은 하늘과 함께 있는 것이니 한 인간과 한 가문, 한 나라에 덕이 있음은 곧 천명을 받은 것으로 여긴다는 것이었다. 천명을 받은 사람이나 가문이나 나라가 덕을 잃게 된다면 천명 또한 거두어들인다는 생각을 하여 나라를 바꿀 수 있다는 논리가 만들어진다. 역성易姓혁명의 사상이 여기에서 싹트고 있다. 이러한 사상은 인류 문명사에서도 특별한 의미를 지닌다고 할 수 있다.

셋째는 화和를 특별히 귀하여 여기고 이를 실천하고자 했다는 점이다. 화는 중국 문화를 확립한 중요한 행동 지침이라고 할 수 있다. 화는 서로 다르고 차이나고 모순된 사물을 취하여 상대적으로 형평과 화해를 얻는 행위이다. 이에 비하여 동同은 다르고 차이나는 것을 배척하고 오로지 동질적인 것만을 추구하는 것이다.

주나라 선왕은 이성의 종족으로부터 왕후를 취하여 아내로 삼고 각 지역으로부터 재물을 구하며 충심으로 간언하는 신하를 골라 다양성을 강조하였다. 후에 공자는 군자는 화이부동和而不同하고 소인은 동이불화同而不和하다고 말하여 주나라의 문화를 발전시키는 원동력이 화해의 정신임을 강조하였다.

주나라의 문화는 한마디로 경천 사상으로 정신적 지주를 삼고 덕치주의로 삶의 원칙을 삼으며 화해 정신으로 생활의 행동 지침을 삼아 조화로운 문화체계를 만들었다는 점에서 중국 문화의 전형적인 모범을 만들었다고 할 수 있다.

7. 인물의 성명과 자호

춘추 전국 시대에는 숱한 동명이인이 나오기 때문에 제후 이름을 외우기가 쉽지 않다. 그래서 제후의 나라 이름을 앞에 꼭 넣어야 그나마 구분할 수 있다. 게다가 5백 년이 넘는 기간의 선후를 구분하기란 정말 간단하지 않다. 사실 중국 역사에 나오는 수많은 제왕의 이름도 역시 나라마다 중복되는 사람이 많고 심지어 한국 역사의 국왕까지 겹쳐져서 더욱 혼란을 주는 게 비일비재하다.

중국 사람들은 예로부터 이름을 많이 붙였다. 성姓과 씨氏, 명名과 자字, 호號 등이 있었고, 호에는 죽는 후에 붙여 주는 시호諡號와 생전에 자신이나 주위 사람이 붙여 주는 아호雅號, 별호別號 등이 있었다.

애초에 성과 씨는 달랐다. 성은 원래 모계의 혈통을 따른 것이어서 처음에는 여女 자 변이 들어간 글자가 많았다. 주 왕실의 희姬, 태공망 여상의 강姜, 진秦나라의 국성 영嬴 등이 그러했다. 씨는 주로 살고 있는 지역을 나타내는 것이었다. 제나라는 강태공이 책봉 받은 곳이었지만 후에 전田씨에 의해 왕위가 찬탈되어 전국 시대 후반의 제나라는 전씨의 나라였다. 또 예를 들면 강태공의 후예로 본래 강성이지만 최崔라는 땅에 봉읍을 얻은 후에 최씨의 시조가 나온 것처럼 수많은 씨가 새로 만들어졌다.

차츰 최초의 모계 성을 잃어버리게 되자 전국 시대 이후 성과 씨가 통합되어 거의 구분이 없어졌다. 선진 시대에 이름은 매우 소박하게 지어졌다. 수많은 사람 중에서 그를 구분할 수 있는 이름이면 되었다는 뜻이다. 정 장공의 이름은 오생寤生이었다. 『열국지』의 작가는 장공의 어머니 무강武姜이 아들을 낳을 때 잠을 자던 중 꿈에서 애를 낳았는데 아이를 낳고 깜짝 놀라 잠에서 깨어나자 언짢아했던 것에서 기인한다고 했다. 조금은 억지처럼 보인다. 이는 오생이란 글자만을 가지고 풀이한 『춘추좌전』의 해석을 그대로 옮긴 것이다. 후의 연구자들은 오寤자에 거스를 오牾의 뜻이 있다고 보고 아이가 거꾸로 나오는 난산難産 때문에 어머니를 힘들게 하여 미워하게 되었다고 풀이하고 있다.

태어난 아이의 신체적 특징으로 이름을 지은 경우도 많다. 공자의 이름은 구丘이고 자는 중니仲尼인데 머리통이 니구산尼丘山을 닮았다고 해서다. 진晉 성공成公은 일국의 군주임에도 불구하여 이름은 고상하지 않게 흑둔黑臀이다. 모친의 꿈에 신인이 아이 엉덩이에 검은 칠을 하였는데 낳고 보니 검은 표식이 있어서 그렇게 명명하였다. 노 환공의 아들은 부자가 같은 날이 생일이라 동同이라고 이름 지었는데 후에 노 장공이 되었다.

춘추 시대 노나라 대부 신수申繻라는 사람이 명명의 원칙을 밝히면서 아이의 이름으로 써서는 안 되는 것을 제시했는데 나라 이름, 관직 이름, 산천의 이름, 질병의 이름, 축생의 이름, 제기의 이름 등이었다. 주나라의 명명은 소박하게 시작하였지만, 점차 화려한 수식을 가하기 시작하는 전환기였다.

『열국지』에서 많은 이름은 그의 직업이나 직위와 더불어 불리고 있다. 역시 쉽게 구분 짓기 위한 방법이다. 초 장왕의 수하에 있던 우맹優孟은 '배우인 맹씨'라는 뜻이다. 맹주유孟侏儒라고도 하였지만 역시 '난쟁이 맹씨'의 뜻일 뿐이다. 성만 보여 주고 이름은 오히려 없다. 제후의 공자이거나 공손일 경우는 그대로 뒤에 이름만 덧붙인다. 위衛나라 공족의 후손이었던 위앙衛鞅이 공손앙公孫鞅으로 불린 경우가 그것이다.

자字는 어른이 되어 본 이름을 함부로 부르지 않기 위해 따로 지은 이름이다. 불리는 이름이라고 할 수 있다. 우리말에서는 그냥 중국처럼 자라고 부르지만, 만주어 번역에서 자는 '불리는 이름'이라고 명쾌하게 풀어 쓰고 있어서 훨씬 신선하게 느껴진다. 주나라 때는 이름자 앞에 자를 넣어 쓰는 것이 유행이었다.

공자의 부친은 공흘孔紇이고 자가 숙량인데, 자와 명을 합쳐 숙량흘叔梁紇이라고 했고 진秦나라 대부를 지낸 백리해百里奚의 아들도 자와 명을 붙여서 맹명시孟明視라고 불렀다. 성명은 백리시百里視였는데 성을 빼고 자인 맹명과 이름만 합쳐서 부른 것이다. 훗날에는 성씨에 자나 호를 붙여서 쓰는 경우가 많다. 도연명이니 이태백이니 조설근이라고 부르는 이름이 모두 그러하다.

8. 여성의 이름과 칭호

당시 대부분의 여자들은 공식적인 이름이 제대로 없었다. 그러나 역사에 등장하는 여자를 지칭하는 말이 있어야 했으므로 그녀에 얽혀 있는 다양한 특징을 덧붙여서 불렀다. 『열국지』의 첫머리를 장식하는 포사는 포褒 땅에 사는 사대姒大라는 사람에게 양육되었다고 하여 그렇게 불렀다. 지금의 방식대로라면 양부의 성을 따서 사씨姒氏로 불려야 하지만 궁중에 들어간 이후에 포비로 불렀다. 포성褒城 출신의 대부 포향褒珦이 유왕에게 갇혀 그 아들이 돌아와 포사를 구하여 바치고 아버지를 구출하니 포사는 두 성씨와 모두 관계가 있기도 한 것이었다.

출신 지역을 따르는 경우로 진晉 헌공의 총비인 여희驪姬도 있다. 그녀는 여융驪戎의 군주가 헌공에게 바친 딸이다. 그녀의 누이동생은 그냥 소희少姬라고 했다. 자매의 이름은 그렇게 단순하게 이어진다. 큰딸이라는 의미에서 백희伯姬라고 불린 여자도 여러 명 있다. 진 헌공의 장녀로서 진秦 목공의 부인으로 시집가서 친정 동생을 위해 애쓴 백희가 가장 유명하다. 목공의 부인이라고 하여 목희穆姬로도 불린다. 정 장공의 어머니는 정 무공의 부인이었으므로 무강武姜으로 불렸다.

희姬나 강姜은 모두 여자를 지칭하는 글자였다. 제나라 희공僖公의 두 딸은 각각 제후에게 시집갔다. 위衛 선공에게 시집간 큰딸이 선강宣姜인데 남편이 선공이므로 그녀의 이름을 선강이라고 부른 것이다. 남편의 이름을 따서 붙이는 경우는 진陳나라 하어숙에게 시집간 하희夏姬의 경우도 마찬가지다.

다만 희공의 둘째 딸 문강文姜은 노 환공에게 시집갔는데 본래 이름인 문강을 그대로 썼다. 고운 얼굴에 절세가인으로 태어났고 고금의 일에 통하여 입만 열면 바로 멋진 문장이 된다고 하여 아버지가 문강이라고 지었다고 했다. 이는 특별히 소설에서 덧붙인 말일 것이다. 남편의 시호를 붙이지 않은 경우가 된다. 제 영공의 부인 안희顏姬도 그러한 예가 될 것이다.

나라 이름에 부인의 이름을 붙이는 경우로 식부인息夫人이 있다. 복숭아꽃 같은 아름다운 부인이라 하여 도화부인이라고도 한다. 식나라 임금의 부인이었는데 진후陳侯의 작은 딸이다. 이름을 식규息嬀라고 했으니 식나라에 시집간 규성嬀姓의 부인이라는 의미다. 문부인이라고도 했다 하는데 아름다운 부인의 의미가 아닐까 한다.

여자임에도 불구하고 특별히 제대로 된 이름이 있는 경우도 있다. 위魏나라 사람 섭정攝政은 죄를 짓고 제나라로 갔는데 처절한 복수를 하고 제 얼굴을 망가뜨려 자결함으로써 신분을 감추고자 했다. 그 누나 섭앵攝嫈은 현장으로 달려가 동생의 시신을 확인하고 그 이름을 널리 알리고 나서 자신도 또한 자결하였다. 남매의 이름이 나란히 빛나는 순간이었다.

제 선왕을 찾아온 무염 출신의 종리춘鍾離春도 있다. 종리는 복성이고 이름은 춘이다. 스스로 이름을 밝혔으니 당시 성명을 갖추고 있었던 셈이다. 왕이 그녀의 용기와 지혜를 높이 사서 왕비로 삼고 무염군無鹽君으로 봉했다. 그런데 후에는 와전되어 종鍾을 성으로 삼아 종무염鍾無鹽이라고 했고 또 무염이 변하여 무안녀無顔女라고도 했으니 유명한 추녀임을 감안하여 와전에 와전을 거듭한 것이다. 역사가 그렇게 합리적으로 완벽하게 흘러가는 것만은 아니다.

9. 사후에 붙이는 시호

이제 수많은 혼동을 주는 군왕의 시호諡號에 대해 살펴보기로 하자. 군왕의 시호는 죽은 뒤에 붙이는 이름이다. 글자 수는 한 글자 혹은 두 글자를 쓰기도 하나 아주 긴 것은 20여 자나 되는 것도 있다. 시호가 시작된 것은 서주 초기의 일이다. 『일주서逸周書』 「시법해諡法解」에 따르면 주공周公이 제정했다고도 했지만, 근대 왕국유王國維의 연구에 따르면 그보다 약간 뒤인 공왕恭王이나 의왕懿王 무렵에 형성된 것으로 본다.

무왕은 자칭이었고 소왕昭王과 목왕穆王부터가 사후에 정한 시호였다. 주 왕실과 춘추 전국의 각 제후국에서 광범위하게 시행되었지만 진시황이 폐지시켰다. 그러나 한漢나라 건국 이후에 다시 회복하여 그 후 근대까지 2천 년 이상 활용되었다. 시호의 역사가 참으로 장구하고 끈질기게 이어졌음을 알 수 있다.

시호는 곧 한 글자로 앞 군왕의 일생을 평가하는 제도다. 대체적으로 나누면 문文, 무武, 명明, 예睿, 강康, 경景, 장莊, 선宣, 의懿와 같은 글자는 좋게 평가한 것이고, 여厲, 영靈, 양煬과 같은 것은 좋지 않은 의미이며 회懷, 민閔, 도悼, 애哀, 사思, 상殤 등도 좋지는 않지만 약간 동정의 뜻이 담겨 있다. 혜惠는 특별한 능력이 보이지 않는 평범한 것이고 질質, 충沖, 소少 등은 어려서 요절한 경우인데 정식 시호는 아니고 후세의 칭호다.

정변으로 바뀌면 역시 후세의 칭호로 폐제廢帝라고 하고 망국의 군주는 말제末帝라고 했다. 이렇게 시호의 뜻을 알고 보면 그 사람의 일생에 대한 평가를 쉽게 이해할 수 있다. 훗날 소설에서 일자평一字評이란 방식으로 인물 됨됨이의 유형을 보여 주는 것도 이와 유사하다고 하겠다.

좀 더 구체적으로 글자의 의미를 보면 문文은 경천위지의 재능과 후덕한 덕성, 학문을 좋아하는 품성을 의미하고, 강康은 백성을 평안하게 위무함을 뜻하며 평平은 강기를 바로잡고 통치하였음을 뜻했다. 나쁜 뜻으로 여厲는 포악하고 무고한 살육을 일삼음을 의미하고, 유幽는 옹색하게 꽉 막혀서 통하지 않는다는 의미였고, 영靈은 어지러웠지만 크게 잃지는 않았다는 뜻이었다. 주나라 여왕厲王은 탐욕으로 인해 온 나라 사람들이 들고 일어나 쫓아냈으므로 그에게 가장 나쁜 시호를 부여한 것이었다.

보통의 시호로 민愍은 나라 안에서 난리를 만난 것을 의미하고, 회懷는 인자하였지만 짧게 끝났다는 뜻이며, 사思는 그 사정을 깊이 동정한다는 의미였다. 나쁜 의미의 시호에 대해서는 논란이 많아서 북송 때에 이르러 다만 미시美諡와 평시平諡만 붙이고 악시惡諡를 붙이는 제도는 폐지했다. 이것은 뒤를 이은 후임 군주가 전임 군주를 악평하기 어려운 인정에 기인하는 것이었다.

이러한 의미를 염두에 두고 등장하는 수많은 군왕의 인물 됨됨이를 눈여겨보면 좋을 것이다. 역사 연의에서 군왕을 지칭하는 말은 그가 죽은 이후에 부르는 시호를 사용하고 있지만 사실 당대에는 그를 부르는 칭호가 없었다. 그냥 금상今上일 뿐이었다.

당나라 이전까지는 거의 시호만을 썼다. 시호는 한두 글자였다. 모든 황제에게 묘호가 있지 않았기 때문이다. 한나라의 무제, 후한의 광무제, 수나라 문제 등과 같은 것이다. 당나라 이후에는 시호가 길어졌다. 그래서 부르기도 불편해졌으므로 묘호로 부르게 되었다. 당 태종의 시호는 '문무대성대광효황제文武大聖大廣孝皇帝'였다. 그래서 그냥 당 태종이나 현종, 송 휘종, 원 세종 같이 간단한 묘호로 불렀다.

그리고 명·청 시대에는 기본적으로 한 제왕이 하나의 연호를 쓰게 되었으므로 연호年號로 칭호를 대신하여 명 태조를 홍무제, 성조를 영락제, 청 성조를 강희제, 고종을 건륭제로 부르게 된 것이다. 실제로 황제를 지내지 않았지만, 그 후손이 존칭으로 추중하는 경우가 있다. 위魏나라의 기초를 다진 조조나 진晉나라의 기반을 닦은 사마의가 각각 위 무제武帝, 진 선제宣帝가 되었다.

『일주서』의 「시법해」에서 시諡는 행적을 이른다고 했고 호號는 공을 드러낸다고 했다. 시호는 사후에 남들에 의해 결정되는 일생에 대한 평가다. 조정의 예관이 담당하여 정하게 되었으며 새로 즉위한 황제가 선포한다. 조정 대신의 시호는 조정에서 부여한다. 주周나라에서는 천자와 왕비는 물론 각국의 제후와 경대부와 부인들까지도 시호가 있었다.

주나라 왕실의 계보를 보면 동주 이후 평왕平王, 환왕桓王, 장왕莊王, 희왕僖王(혹은 釐王), 혜왕惠王, 양왕襄王, 경왕頃王, 광왕匡王, 정왕定王, 간왕簡王, 영왕靈王, 경왕景王, 도왕悼王, 경왕敬王, 원왕元王, 정정왕貞定王, 애왕哀王, 사왕思王, 고왕考王, 위열왕威烈王, 안왕安王, 열왕烈王, 현왕顯王, 신정왕慎靚王, 난왕赧王까지 총 25대의 왕이 있었다. 우리가 『열국지』를 읽으면서 가장 골치 아파하는 문제는 각 제후국에 거의 동일한 시호의 군왕이 숱하게 나타난다는 점이다. 지역과 시기가 다른데도 불구하고 유사한 이름 때문에 혼란을 겪는 독자가 많을 것이다. 몇 가지 예를 살펴본다.

춘추오패의 유명한 제후는 제 환공, 진 문공, 초 장왕, 진 목공, 송 양공이다. 오왕 합려와 부차, 월왕 구천은 그대로 이름으로 불리므로 그다지 혼동의 가능성이 없다. 시호로만 보면 이들의 업적이 훌륭하고 뛰어났음을 드러낸다고 하겠다. 주 환왕 때 제 희공이 있었다. 환왕 사후 12년에 제 환공이 즉위했다. 환왕의 같은 시기에 채蔡 환후가 있었고, 연 환공도 있었다.

춘추 시대에는 왕王과 공후公侯의 구분이 뚜렷했지만(초와 오월은 예외), 전국 시대에는 다 같이 왕王이라 자칭했으므로 더욱 혼란스럽다. 춘추오패인 제 환공도 있었지만, 전국 시대에 이르러 강태공의 후예인 강성姜姓의 제나라가 망하고 전씨田氏의 제나라가 들어섰을 때, 또 한 명의 제田齊 환공桓公이 있었다. 뿐만 아니라 삼진三晉으로 분열되기 직전에 진晉 환공도 있었고 한나라에는 환혜왕桓惠王도 있었다. 위魏 양왕과 한韓 양왕은 같은 시기에 있었으며, 위 소왕과 연 소왕 역시 비슷한 시기에 존재했고, 조趙 효성왕孝成王과 연 무성왕武成王도 같은 때였다. 혼란스럽기 그지없다.

진 문공과 같은 시기에 정 문공이 있었고, 그 이후에 송 문공도 나오고 조曹 문공과 채 문후가 있었으며 나중에 연 문공도 나온다. 진 목공과 동일한 시기에 초 목왕이 있었고 하희의 부친인 정 목공도 있었다. 주 평왕平王은 동천을 한 군주다. 후에 초 평왕이 있고 조曹 평공도 있고 연 평공도 있으니 각각 자세한 연표를 옆에 두고 살펴 가지 않으면 안 된다.

이러한 현상은 군왕의 시호諡號로 쓸 수 있는 글자가 제한되어 있었고 서로 비슷한 업적이나 성품을 지닌 사람들에게 비슷한 시호를 붙여 주고 있었으며 춘추 전국 시대의 수많은 제후국이 다투어 유행을 타고 있었기 때문이다. 『열국지』를 읽으면서 군왕의 시호를 정리하여 쉽게 익히게 할 수 없을까 생각해 보았지만, 막상 어떤 룰을 찾아내기는 어려웠다. 결국, 그냥 이해하는 수밖에 없지만 그래도 시호를 붙이는 상황을 이해하면 개개인의 인물 이미지를 좀 더 명확하게 자리매김할 수 있지 않을까 여겨진다.

8장

『열국지』의 정치 전략과 사상

『열국지』에는 춘추 전국 시대의 혼란과 부패의 현실 앞에서 독자들에게 보여 주고자 하는 강력한 이상이 있다. 그것은 인의의 정치, 예의와 염치, 현명한 군신의 중요성 등이다. 사실 당시 동주의 시대에는 정치에서는 인의가 사라지고, 인성에서는 예의와 염치가 없어졌으며, 나라를 훌륭하게 다스리고 백성을 편안하게 살아갈 수 있도록 하는 어진 임금과 현명한 재상은 나타나지 않고 있었기 때문이다.

『열국지』에서 반영하고 있는 사상은 어떠한 것들이 있을까. 나라를 부강하게 만들고 백성의 삶을 도탄에서 구한 재상들은 하나같이 자신의 정치 철학, 통치 철학을 가지고 있었다. 그리고 그들의 주장과 생각이 담긴 저술이 후세에 남아 전해 온다. 여기서는 백가쟁명을 통해 드러나는 제자백가의 사상 중에서 중요한 몇 가지를 간략하게 살펴본다.

1. 백가쟁명의 사상

주나라 문화의 가장 큰 특징은 자유로운 분위기 속에서 등장한 제자백가의 다양한 의견 표출이었다. 춘추 전국 시대는 정치적, 사회적, 경제적으로 일대 변혁의 시대였다. 씨족사회의 해체기로서 주나라의 봉건 질서가 붕괴하고 있는 시기였다. 또한 제후국들이 군사적, 경제적으로 강력해져서 주 왕실의 권위에 대항하고 제후국 상호 간의 치열한 경쟁이 시작된 시기였다.

이러한 때에 중국의 사상계는 최초로 활발한 활동을 시작하였다. 제자백가에는 춘추 시대의 유가와 묵가, 도가에 이어서 전국 시대에 유행한 법가, 병가, 명가, 음양가, 종횡가 등이 있었다. 이름난 사람으로는 공자, 맹자, 순자 등이 유가이고, 노자, 열자, 장자 등이 도가이며, 묵적이 묵가다. 관중, 상앙, 신불해, 한비자가 법가이며 추연 등이 음양가이고 귀곡자와 그의 제자 소진과 장의가 유명한 종횡가였다. 『여씨춘추』를 남긴 여불위는 잡가로 분류된다.

2. 공자와 유가

제자백가의 선구자는 춘추 말기에 등장한 공자孔子다. 그에 의해서 체계적이고 통일적인 사상이 처음 시작되었다고 할 수 있다. 공자의 경천 사상과 예악 사상은 주나라 초기의 문화로부터 유래한 것이었다. 그는 주공周公의 후손이 다스리던 노나라에서 태어나 서주 이래의 예교 문화를 상당히 체득할 수 있었다. 그러면서 무너져 내리고 있는 전통적인 예의와 규범에 대해서 안타까워했다. 공자의 핵심 사상은 인仁이며 그것은 인간 심성에 본래부터 존재하는 자애의 마음, 사랑하는 마음인 것이다. 가족의 사랑으로부터 사회와 국가로 확산시켜서 궁극적으로 천인합일에 이르는 경지를 강조하였다.

공자의 사상은 전국 시대에 맹자孟子에게 이어졌다. 맹자는 성선설을 주장하고 사람의 마음속에 고유의 덕인 인의예지가 있다고 하였으며 인의를 통한 정치, 즉 왕도 정치로 치국평천하를 달성할 수 있다고 강조하였다. 또 순자荀子는 성악설을 주장하면서 천하의 질서를 바로잡으려면 특히 예를 중시하여 후천적인 가르침을 강화해야 한다고 했다. 유가의 경전은 전통적으로 내려온 『시경』, 『서경』, 『역경』, 『예기』, 『춘추』 등의 오경과 『논어』, 『맹자』, 『대학』, 『중용』 등 사서에 집중적으로 담겨 있다.

공자는 사람과 사람 사이의 사랑을 강조하여 인을 중시했으므로 가족이나 군신 사이의 비인간적인 행위를 당연히 나쁘게 평하였다. 춘추 시대 제 환공을 둘러싼 세 사람의 간신 중에 역아易牙는 제 아들을 잡아 바치면서 충성을 다하겠다고 한 인물이었다. 관중이 병중에 이미 그의 비인간적인 행태를 경고했지만 소용없었다.

전국 시대 위魏나라 문후의 장수인 악양樂羊이 중산국을 치려고 하자 중산국 사람들이 그곳에 있던 아들을 잡아 고깃국을 보내왔다. 이때 악양은 이를 받아 서슴없이 먹고 전의를 불태워 그 나라를 쳐부수었다. 당시 사람들은 대의멸친이라고 높이 평했지만, 일부에서는 제 자식의 고기를 먹는 사람이 앞으로 누구의 고기인들 먹지 못하겠느냐고 비난했다. 관중이 앞서 했던 말이다.

맹자는 인간의 내면에 흐르는 기본적인 측은지심惻隱之心에 주목했다. 인간에게 측은지심은 인간을 사랑하는 마음이다. 유왕은 포사에게 빠져서 포락炮烙의 형벌을 즐기며 비인간적인 행태를 저지르다 몰락하게 되었다. 단순한 형벌이 아닌 유희에 가까운 잔인한 형벌은 비인간적이었다. 유가에서는 난세에 이르면서 인간이 본연의 참된 모습을 잃고 비인간적으로 변할 때 말세에 가까워진다고 생각하였던 것이다.

3. 노자와 도가

도가道家는 노자老子를 시조로 받들며 위로 황제黃帝에까지 소급하고자 하였으므로 황로학黃老學이라고도 하고 뒤의 장자莊子와 더불어 노장학老莊學으로 칭하기도 한다. 도가는 기본적으로 유가의 형식적이고 인위적인 행태가 인간의 자연스러운 삶을 피폐하게 만든다고 생각한다. 그래서 유가의 예악禮樂과 형정刑政을 버리고 어린아이의 천진무구함으로 복귀하여 무위자연無爲自然의 사회를 이루어야 편안한 삶을 영위할 수 있을 것으로 보았다. 노자가 말하는 도道는 유가의 인의라는 도덕보다 한 단계 더 높은 상위개념으로서의 도이며, 형이상학적이고 인성론의 핵심이 되는 본체라고 할 수 있다.

노자의 뒤를 이어서 전국 시대 장자莊子는 만물을 바라보는 시각을 같이해야 한다는 제물론을 주장하고 옳고 그름이나 삶과 죽음을 각각의 입장에서 공평하게 바라보아야 한다고 했다. 그의 주장은 자유와 평등과 무욕이었다. 또 장자에게서 상대성 원리는 생각의 유연함을 강조한 것이었다. 결코 독단적이고 일방적인 생각만으로는 모든 사람을 설득시킬 수 없다는 것이었다. 세상에 이름 있는 미녀라고 하더라도 물고기나 새나 고라니의 입장에서는 그냥 도망칠 수밖에 없는 현상일 뿐이다. 이 구절은 후에 변하여 '침어낙안沉魚落雁' 혹은 '폐월수화閉月羞花'란 말로 발전하여 역대 미인의 형상을 그리기도 하지만 장자의 본래 뜻은 절대적 기준이란 있을 수 없다는 것이다.

그는 또 세상의 먹이사슬을 예로 들면서 자신이 과수원에서 경험한 '당랑포선螳螂捕蟬, 황작재후黃雀在後'의 이야기를 들려주고 있다. 자신이 뒤에서 노리고 있는 황작(참새 혹은 노랑멧새)은 당랑(사마귀)을 잡으려 하고 있었고 사마귀는 매미를 잡으려 하고 있었다는 말이다. 후에 자신조차도 과수원 주인에게 쫓겨 도망 나왔다고 하면서 제 눈앞의 이익에만 몰두하여 세상의 큰 이치를 알지 못하는 어리석은 인간을 비판하고 있다(『장자·산목山木』).

어리석은 인간의 모습을 풍자적으로 그리는 '질주불휴疾走不休'의 비유는 무엇을 위해서 살고 있는지도 모르고 질주하는 현대 사회의 고달픈 인생을 생각하면 더욱 가슴에 와닿는 교훈이 된다. 어떤 사람이 제 그림자가 두렵고 제 발자국이 싫어서 그것을 버리려고 무작정 달아났다. 그러나 달리면 달릴수록 발자국은 더욱 많아지고 아무리 빨리 달려도 그림자는 몸에서 떠나지 않았다. 그는 결국 힘에 지쳐서 죽을 수밖에 없게 된다.

차라리 시원한 그늘 속으로 들어가면 그림자도 사라지고 고요하게 머물면 발자국도 멈추게 될 것이니 그것이 바로 양생의 도가 된다는 것이다. 어부와 공자의 대화를 설정하여 만든 비유이지만 폐부를 찌르는 교훈이 된다(『장자·어부漁父』). 그러므로 노장 사상은 바쁘게 사는 현대인들에게도 몸과 마음을 의지할 수 있는 여유로움을 주면서 새롭게 부각되고 있다.

유가와 도가는 중국 전통의 사상을 적극적인 면과 소극적인 면을 각각 받아들여 나름대로 사상체계를 이루었다. 두 사상은 춘추 시대에 시작되어 중국 사상의 양대 산맥을 이루었다.

4. 묵자와 묵가

묵가墨家는 묵적墨翟으로부터 시작되었다. 역시 유가의 형식주의와 계급 제도를 타파하기 위해 시작되었으며 하늘이 만백성을 사랑하듯이 사람들도 서로를 사랑해야 한다는 겸애설을 주장하고 재화를 낭비하지 않는 근검절약을 생활의 원칙으로 삼았다. 묵적은 이론만이 아니라 스스로 힘써 실천하는 역행주의의 실행파가 되었다.

묵자는 어진 선비를 가까이하라[親士]고 하였고 스스로 몸을 수행하라[修身] 하여 지도자로서의 덕목이 유가와 유사한 점을 가지고 있었다. 그는 전쟁의 피해가 가장 참혹하고 파괴력이 크기 때문에 침략 전쟁을 극력 반대했지만, 침공을 당하는 쪽에서 방어하는 능력을 키워야 함을 강조하고 스스로 군사집단을 조직하여 약자를 돕는 역사상 유례없는 실천적 모범을 보여주었다.

묵적의 이야기는 『열국지』 제87회와 88회에서 나타난다. 그는 옷감을 염색하는 광경을 유심히 바라보다가 환경에 의해 물드는 사회적 현상을 깨우치게 되었다. 그는 군주가 현신을 만나면 명군이 되고 간신을 만나면 암군이 되는 원리를 염색의 현상에서 찾으면서 환경으로 인한 결정을 중시했다.

그는 또 겸애설을 장님과 앉은뱅이의 비유를 들어서 설명했다. 장님은 앞을 볼 수 없지만 걸어 다닐 수 있고 앉은뱅이는 눈이 있어 볼 수 있지만 걸어 다닐 수가 없었다. 두 사람이 각각 구걸을 하고 있을 때는 제대로 좋은 길목을 찾아갈 수 없었지만 두 사람이 협력하여 서로의 눈과 발이 되어 서로에게 의지하였을 때 좋은 이득이 생기게 되었다. 서로를 사랑하는 것은 반드시 서로에게 이로움이 올 수 있도록 한다는 데에 초점이 있었다. '겸상애兼相愛, 교상리交相利'는 바로 그러한 원리에서 나온 것이었다.

5. 상앙과 법가

법가法家는 춘추 시대 제齊나라 환공을 패자로 만들어 낸 뛰어난 재상 관중管仲을 창시자로 여기고 있으며 실제로는 전국 시대 한韓나라의 명재상 신불해申不害와 진秦나라를 부강하게 만든 상앙商鞅, 법가의 이론을 체계화한 한비자韓非子 등을 핵심 인물로 보고 있다. 법가는 예의가 무너진 혼란의 시대에 엄정한 정치 철학을 세우고 그것을 실천하여 부국강병을 이루려는 학파였다. 열국 간에 치열한 경쟁 상태로 돌입한 전국 시대에 법가를 활용하여 성공한 국가는 곧 강대국이 되었다.

천하를 다스리는 원리로서 엄정한 법치주의를 내세운 법가는 법과 술을 주장하였는데 법法은 군주가 정하는 규범이고 술術은 그것을 실행하는 수단이라고 했다. 진秦나라의 천하통일에 기초를 다지게 된 것은 상앙의 등용이었다. 진 효공孝公을 설득하여 정치개혁을 시작하였고 변법에 성공하여 약소국이었던 진나라를 일약 강대국으로 만들어 백 년 뒤에 천하통일을 이루도록 하였다. 역사서『상군서』와 병법서『공송앙』을 남겼다.

진나라의 발전은 목공穆公 때부터 괄목할 만하였다. 그는 백리해百里奚를 기용하여 국정의 자문을 받아 나라를 발전시켰다. 진 목공을 춘추오패의 하나로 보는 견해도 있고 준오패로 보기도 한다. 진나라에 천하의 인재들이 모여들게 하는 노력은 효공 대에 상앙을 받아들이는 결정적 효과를 낳았다. 상앙은 위衛나라의 공족 출신이어서 위앙衛鞅 혹은 공손앙이라고 불렸다. 진나라에서 하서의 땅을 수복한 공으로 상商의 땅을 봉토로 받으면서 역사에서는 상앙으로 불린다.

그는 난세에 꼭 필요한 학문은 법가라고 진단하고 그 일종인 형명학刑名學에 큰 관심을 보였다. 그는 위나라를 떠나 위魏나라 재상 공숙좌의 가신이 되었다. 공숙좌는 임종에 앞서 위왕魏王에게 상앙을 추천했다. 그리고 토를 달아서 만약 쓰지 않으려면 반드시 죽여서 후환을 없애야 한다고까지 강조했다. 그러나 위왕은 그 말을 대수롭지 않게 듣고 무시했고 상앙은 진나라로 달아났다.

진 효공은 부국강병의 국가를 위해 진력하려고 천하의 인재를 모으고 의견을 듣고 있었다. 상앙이 패자의 도를 설파하니 효공은 깊은 흥미를 느껴 그를 재상으로 발탁했다. 그러자 상앙은 백성들에게 법에 대한 믿음을 주기 위해 함양성 남문 앞에 삼장三丈 길이의 나무를 세워 놓고 이를 북문으로 옮기면 10금을 주겠노라고 방을 붙였다. 사람들이 장난으로 알고 아무도 건드리지 않자 이번에는 50금으로 올렸다. 누군가 장난삼아

나무를 옮겼더니 과연 50금을 상금으로 주었다. 그리하여 상앙이 내리는 새로운 법령은 철저하게 시행된다는 사실을 널리 부각시켰다. 『열국지』에서는 제87회와 제89회에서 상앙을 다루고 있는데 위앙으로 표기하고 있다.

진나라 효공을 만나 설득한 상앙은 다음과 같은 내용으로 철저한 개혁을 추진하였다. 그는 철저한 계획 경제를 추진하여 철광개발과 관개사업을 주도하여 생산력을 비약적으로 증가시켰다. 전쟁에서 공을 세운 사람에게는 누구에게나 그에 상응하는 상과 작위를 내렸다. 건강한 장정은 모두 노동을 하도록 하여 생산력을 대폭 증가시켰다. 노비들에게 신분 상승의 기회를 주어 귀족들의 세력을 약화시키고 양인을 증가시켜 재정을 확충하였다. 그러나 죄인은 다시 관노로 삼아서 노비제는 유지시켰다.

낙후된 지역을 직접 투자하여 도시를 건설하고 요새화하였으며, 공을 세우거나 노동을 한 사람에게는 대가를 지불하였고, 실책하거나 죄를 지으면 형벌을 내리는 등, 지위고하에 상관없이 공평하게 법을 적용했다. 처음에는 농업을 중시하고 상업을 억제하였지만, 어느 정도 국력이 상승함에 따라 농업과 상업을 균형 발전시켰다. 또 미신적인 요소의 구습을 타파하고

자 노력하였다.

오가五家작통법을 실시하였는데 다섯 가구를 하나로 묶어서 납세와 징병의 단위가 되도록 하였고, 봉건적인 신분세습제를 바꾸어 공과에 따라 20등급의 체계에서 승급과 강등을 탄력적으로 운영하였다. 그리고 번거로운 제도를 과감히 혁파하고 관련 법안을 일원화하였으며, 지방을 군현제郡縣制로 정비하여 효율적인 통치 제도를 마련했다. 훗날 진시황 통일 이후 전국을 군현제로 나눈 것은 여기에서 기인한다. 모든 토지는 국가가 소유하도록 하였고 개인에게는 균등하게 토지를 나누어 주었다.

이처럼 철저한 개혁정치로 인해 진秦나라는 강대국으로 우뚝 서게 되었지만, 당시 귀족들은 강력하게 저항하면서 변법의 시행을 막으려고 하였다. 반드시 이익만을 위해서가 아니라 그의 엄격하고 독재적인 법치주의에 반대한 선비들도 많았다. 조량趙良이라는 선비와의 대화는 이를 극명하게 드러낸다.

조량은 상앙을 백리해와 비교하면서 인간다운 겸손함과 백성을 진정으로 위하는 덕행이 필요하다고 강조하였다. 모든 것을 법으로 처리하면서 백성 위에 군림하는 상앙의 권력이 오래가지 못할 것이라고도 예언했다. 조량은 『시경』의 구절을 인용하여 "쥐에게도 예의가 있는데 사람으로서 예의가 없구나. 사람으로서 예의가 없으면 어찌 일찍 죽지 않겠는가"라고 하면서 경고했다. 인간적인 인정사정을 모두 말살한 엄혹한 정치로는 성공할 수 없다는 것을 알려 주었다. 훗날 진시황의 제국이 불과 15년의 단명으로 끝난 원인이 바로 그것이었음을 조량은 미리 지적한 것이었다.

상앙은 죄를 범하면 엄격하게 다스렸다. 태자가 죄를 범했을 때는 그의 스승에게 형벌을 가하였다. 이로 인해 효공이 죽고 태자가 즉위하자 상앙은 곧바로 탄핵을 받아 실각되었다. 상앙은 상 땅으로 물러나 반역을 꾀했으나 패전하여 죽고 왕명에 의해 거열형에 처해졌다.

진나라에서는 여전히 부국강병의 목표를 버리지 않았으므로 상앙 이후에도 개혁정치는 계속되었고 백여 년 뒤에는 마침내 천하통일을 이룰 수 있었다. 그의 언행을 기록한 『상군서』에서는 법과 제도를 철저하게 신봉하면서 인간의 의식과 인식 전반에 걸쳐 유물론적 견해를 견지하고 있다. 당시 상앙은 정치가 인력과 생산력의 규모에 맞춰 발전해야 한다고 주장하면서, 정치는 시대에 따라 끊임없이 변화하는 것이므로 법과 제도를 새롭게 만들어서 창조해야 한다고 했다.

법가는 유가에서 인의예지신에 의하여 자율적인 통치가 너무 유약하다고 간주하고 인간의 성품이나 감성 따위에는 애초부터 눈여겨보지 않고 철저하게 규칙의 준수만 문제 삼았다. 그러나 세상의 일과 인간관계의 모든 문제를 시시콜콜한 구절로 전부 법제화할 수는 없는 일이었다. 설사 일시적으로 부국강병에 성공할 수는 있지만, 오랫동안 유지하기는 어려운 일이다.

통치자에게 법가는 백성을 통제하는 매우 효율적인 방식이었지만 진나라 이후로는 적어도 겉으로 법가를 내세워 나라를 통치하겠다고 하는 시대는 없었다. 유교의 인의와 예악은 개인의 자율적인 질서를 강조한 것이었다. 그러나 역대 모든 정권에서는 이처럼 표면상으로는 유교를 내세우면서도, 통치술로서는 법가의 중요한 요소들을 활용하여 효율적으로 통치하고자 하였다.

6. 종횡가의 유행

종횡가縱橫家는 열국으로 돌아다니며 제후국의 군왕들을 설득하여 열국의 연합체를 만들어 권력을 구하려는 소진蘇秦과 장의 張儀와 같은 인물들의 활동과 사상을 제자백가의 한 유파로 보고자 한 것이다. 그 주된 사상은 유세의 기술이다. 최초의 시작은 소진과 장의의 선생인 귀곡자라고 할 수 있다. 귀곡자鬼谷子는 전국 시대 왕후王詡라는 사람인데 귀곡이라는 곳에 살고 있었다고 하여 그렇게 명명되었고 『귀곡자』 12편을 남겼다고 전해진다. 손빈과 방연도 귀곡자의 제자라는 말이 있지만, 가장 확실한 제자는 소진과 장의다.

소진은 출세를 하고 싶어 진秦 혜문왕에게 가서 유세를 했으나 등용되지 못했다. 다시 조趙나라를 찾아갔으나 박대를 받고 연燕나라에 가서 마침내 왕을 설득했다.

"연나라가 중원의 전쟁에 휘말리지 않고 편안하게 있는 것은 남쪽의 조趙나라가 막아 주고 있기 때문이니 조나라와 종으로 친교를 맺어 행동을 함께하면 걱정이 없습니다."

소진은 마침내 연나라 문후의 지원을 받아 다시 조나라를 찾아가 새로 등극한 숙후에게 유세하여 성공했다. 이어서 한韓,

위魏, 제齊, 초楚의 왕을 차례로 설득하여 마침내 육국의 합종을 이룩하여 육국 종약의 장이 되고 공동 재상을 겸임하게 되었다. 그는 초나라에서 조나라로 귀환하는 길에 고향인 낙양을 지나면서 잠시 금의환향하였다. 이러한 육국의 합종으로 진나라는 15년간 동쪽으로 진출할 수 없었다.

한편 장의는 조나라에서 출세한 친구 소진을 찾아갔으나 의도적인 박대를 받고 진나라로 갔다. 소진은 장의가 따로 출세할 수 있기를 바라, 은연중에 사람을 보내 도와주면서도 겉으로는 그의 울분을 자극하여 진나라로 가도록 했다. 그는 소진의 주장과는 반대로 진나라가 나머지 육국과 각각 동맹을 맺는 연횡책을 쓰면 합종책을 격파할 수 있다고 혜왕을 설득하여 마침내 재상이 되었다. 혜왕이 왕으로 격상된 것도 그가 재상으로 있을 때였다.

그는 위, 초, 한, 제, 조, 연왕을 차례로 설득하여 강대국인 진나라와 맹약을 맺도록 유도하여 마침내 합종책을 무너뜨리고 연횡책을 성공시켰다. 동문수학한 손빈과 방연이 사생결단을 내도록 싸우고 이사가 한비자를 모함하여 옥중에서 죽도록 한 것과 비교하면 소진과 장의는 서로 반대의 입장에 있으면서도 상호 보완적인 입장에서 공조를 하고 있다는 점이 눈여겨볼 만하다. 소진이 장의를 도운 것은 궁극적으로 자신의 활동에도 도움을 주었기 때문이다.

『열국지』에서 연나라에 있던 소진은 왕의 모후와 사통하는 관계가 되자 몸을 피할 작정으로 제나라에 가서 공작을 하겠다는 이유를 대며 연나라를 떠나 제나라에 갔는데 제나라에서 암살당하고 말았다. 반면, 장의는 고국인 위나라에 돌아가서 재상이 되었다가 천수를 다하고 죽었다. 그 후에도 종횡가로서 위나라의 공손연 그리고 소진의 아우인 소대蘇代 등이 활동했다고 한다. 혹자는 오늘날 세계 정세에서도 강대국과 주변국 사이의 대결을 눈앞에 두고 각각 합종책이나 연횡책을 고려해야 한다고 말한다.

7. 병가의 부국강병

병가兵家는 전국 시대에 부국강병을 위해 법가와 더불어 가장 주목받는 분야였지만 막상 병가로서 일가를 이룬 사람으로는 병법서를 남기고 있는 손무孫武와 오기吳起, 손빈孫臏 정도가 중요하게 거론된다. 춘추 시대의 손무는 바로, 경칭으로 손자孫子라 불리는 인물이며 병가의 대표적인 인물이다. 오나라로 이주하여 은둔하다가 오자서와 알게 되었고 이어서 합려의 부름을 받아 오나라를 일약 중원의 패자로 발전시켰다.

오왕이 처음 손무의 용병술을 테스트하려고 궁녀들도 군사 훈련을 시킬 수 있는지를 물었다. 손무는 궁녀들을 모아 놓고 왕이 아끼는 총희 둘을 각각의 대장으로 삼고 명을 내렸다. 그러나 궁녀들은 장난처럼 여기고 말을 듣지 않았다. 손무는 군령의 엄함을 세우기 위해 대장인 두 총희를 처형했다.

"군령이 명확하지 못하면 장수의 책임이지만 군령이 분명히 전달되었음에도 따르지 않는다면 이는 대장의 책임이다."

오왕 합려가 그들의 용서를 간청했으나 손무는 "전장에서 장수는 비록 임금의 명이라도 따르지 않을 수 있습니다"라고 하면서 말을 듣지 않았다. 그 후 궁녀들의 군사 훈련은 한 치의 오차도 없이 구령에 맞추어 움직였다. 오왕은 손무의 뛰어남을 인정하고 그를 장군으로 기용했다. 손무와 오자서는 초나라를 공격하여 수도를 점령하고 죽은 초 평왕平王을 부관참시하여 오자서 부형父兄의 원수를 갚았다. 이후 합려가 월나라를 공격하다 부상당해 죽음에 이르자 손무와 오자서는 후계자인 부차를 보좌하여 월나라를 상대로 승리하였다.

전국 시대의 오기는 파란만장한 인생을 살았던 장군이었다. 오기는 노나라에 있을 때 제나라 출신 아내를 죽이고 장군으로 올라 제나라와의 전쟁에서 승리했다. 비인간적인 면모를 여실히 드러냈지만 『사기』에서 이 구절은 그를 비방하는 사람들이 지어낸 말이라고도 했다. 『한비자』에서는 법대로 온전하게 지키려는 오기가 눈물을 머금고 아내를 쫓아낸 것으로 그리고 있다. 전공을 세웠지만 오기는 노나라에서 쫓겨나고 위나라 문후를 만나 장수가 된다. 위나라에서 진나라의 침략을 막기 위해 고군분투하였고 음진 전투에서 크게 승리했으나 무후가 등극한 이후에 모함을 받아 초나라로 도망가게 된다.

그는 장수로서 병사들과 동고동락하였고 일개 병졸의 고름을 직접 빨아 주어 병사를 아끼는 마음을 보여 주었다. 그리하여 병사들은 목숨 걸고 전투에 임하니 전투력을 극대화시킬 수 있었다. 오기는 초 도왕悼王으로부터 재상 자리를 얻어 부국강병책을 추진했다.

그러나 특권을 빼앗긴 왕족과 귀족들의 반발이 거세었다. 도왕이 죽자 귀족들이 오기를 죽이려고 난을 일으켰다. 초나라는 보수성이 강하여 오기의 개혁정치는 더 이상 진행되지 못하고 실패하였다. 진나라에서 상앙이 죽었지만, 그가 추진하던 변법만은 그대로 강력히 추진하여 부국강병의 꿈을 이룬 것과는 반대였다. 초나라가 진나라를 이길 수 없었던 원인이다.

손무가 남긴 병법은 『손자병법』이고 오기가 남긴 병법은 『오자병법』이다. 『손자병법』은 도가적 바탕을 깔고 있어 전쟁은 호리지심好利之心에서 유발한다고 보았으며 무위자연과 기이한 계략을 중시했다. 이에 비해 『오자병법』은 유가 사상을 바탕으로 하고 있으며 전쟁의 원인을 호명지심好名之心이라고 보고 대의명분을 중시하고 정공법을 중심으로 구체적인 용병술 등을 다루고 있다. 조직 내의 인화를 강조하였고 또 첩술을 잘 이용하면 군대의 사기를 진작시킬 수 있다고도 했다.

오기가 공격을 받고 죽으면서 왕의 시신에 엎드려 자신을 겨누었던 귀족들도 함께 처형받도록 한 것은 제나라에서 암살당해 숨을 거두는 소진이 자신을 역적으로 발표하여 효수하면 범인을 잡을 수 있을 것이라고 한 사건과 함께 춘추 전국 시대 최고의 유명한 권모술수로 회자된다.

전국 시대 제나라의 손빈은 손무의 후손으로 『손빈병법』을 지었다. 젊어서 방연과 함께 병법을 배웠는데 방연이 위나라에 등용되자 손빈을 시기하여 그를 불러 무릎뼈를 도려내고 얼굴에 먹칠하는 형벌을 가하도록 했다. 그의 이름 빈臏 자는 그런 의미다. 족보에 따르면 그의 본명은 손백령孫伯靈이다. 그는 제나라 사신의 도움으로 위나라를 탈출하여 제나라 왕의 군사軍師로 추천되었고 위나라와의 계릉 전투와 마릉 전투에서 모두 승리하여 이름을 떨치게 되었다.

손빈은 전쟁의 막바지에 나무 한 그루의 껍질을 벗겨 "방연이 이 나무 밑에서 죽을 것이다"라고 써 놓고 궁수를 매복시켰다. 한밤중에 도착한 방연은 글을 읽기 위해 횃불을 밝혔다가 복병들의 화살에 맞아 많은 군사가 죽자 전쟁에 패한 것을 깨닫고 자결하였다. 많은 이야기에서는 방연이 바로 그 나무 밑에서 수많은 화살을 맞고 즉사했다고 극적으로 표현했다. 손빈은 동문수학한 친구의 배신을 딛고 최고의 병가로 우뚝 선 인물이었다.

『손빈병법』은 손무의 『손자병법』과 구분하기 위해 『제齊손자병법』으로 불렸지만, 그동안 양자 사이의 관계를 확실히 알 수 없었다. 그러나 1972년에 산동의 임기臨沂 은작산銀雀山 한묘漢墓에서 죽간서 『손자병법』과 유실된 지 천년이나 되는 『손빈병법』이 동시에 나왔다. 한 무제 시기의 것으로 추정되는데, 반고의 『한서예문지』에는 『손빈병법』이 89편이라고 했지만, 이 죽간은 총 30편이며 그중 21편에 편명이 있고 9편에는 편명이 없는 상태였다. 이 죽간의 발견으로 현존하는 『손자병법』은 춘추 시대 손무에게서 시작하여 전국 시대 손빈에 이르러 완성되었으며 춘추 말기부터 전국 중기까지의 오랜 전쟁의 경험을 종합한 책으로 평가되고 있다.

9장
『열국지』의 고사성어

고사성어古事成語는 옛이야기에 얽힌 사연을 몇 글자로 압축하여 오랫동안 쓰여 오다가 관용적으로 굳어진 언어적 표현이다. 보통은 네 글자로 쓰인 것이 많아서 사자성어四字成語라고도 부르지만, 반드시 네 글자가 아닌 성어도 있다. 중국어에서 관용어로 쓰이는 것에는 성어를 비롯하여 속담俗談, 諺語과 전고典故, 헐후어歇後語 등이 있다. 그중에서 역사적 사실로부터 기인한 고사성어는 중국뿐 아니라 한자문화권인 우리나라에서도 널리 쓰이고 있다. 또 우리나라 역사 속 사연을 통해서 새로운 고사성어가 만들어지기도 한다. 유구한 중국 역사 중에서 특히 파란만장한 춘추 전국 시대를 그리고 있는 『열국지』에서 유래하

는 고사성어는 너무나 풍부하고 다양하다. 여기서는 대표적인
성어를 일부 골라서 살펴본다.

천금매소千金買笑

천금을 주고서라도 미녀의 웃음을 산다는 뜻으로 총애하는
미인의 환심을 사기 위해서 어떤 일이라도 불사한다는 이야기
다. 주나라 유왕은 총애하는 포사를 웃게 만들기 위하여 백방
으로 노력하였지만 허사였다. 포사가 비단 찢는 소리를 좋아한
다고 하여 비단 백 필을 가져다 궁녀를 시켜 찢어지는 소리를
들려주기도 하였다. 하지만 포사는 웃지 않았다. 유왕은 포사
를 웃을 수 있도록 해 준다면 천금을 주겠다고 발표했다.

수많은 아이디어가 백출하였으나 끝내 포사의 웃음을 볼 수
는 없었다. 괵석보虢石父는 나라의 운명은 아랑곳하지 않고 아
무 일이 없었음에도 불구하고 변방의 봉화대에 불을 피워 연기
를 올리도록 했다. 제후들은 나라에 변란이 생긴 것으로 알고
군사를 이끌고 허겁지겁 달려왔다. 그러나 도읍에는 아무 일도
없었고 외적은 보이지 않았다. 제후들은 허탈하여 다들 투덜대

며 돌아갔다. 그 모습을 보자 포사는 비로소 웃음을 터뜨렸다. 유왕은 포사의 웃음소리를 듣고 뛸 듯이 좋아하면서 포사를 웃게 만든 공으로 괵석보에게 천 냥의 황금을 상으로 하사했다. 오랜 역사에서 미인의 환심을 사기 위한 노력으로 '천금매소'의 예는 숱하게 나타났다.

대의멸친大義滅親

나라의 기강을 지키는 대의를 위해서 자신의 아들을 죽이고 정의를 실현함으로써 사람들의 추앙을 받은 이야기다. 춘추 시대 위衛나라 장공莊公은 먼저 제나라 공주 장강莊姜을 부인으로 삼았으나 자식을 낳지 못하여 진陳나라의 여규厲嬀와 대규戴嬀 자매를 함께 아내로 맞이하여 각각 아들 완完과 진晉을 낳았다. 그후 자매가 죽자 두 아들을 장강에게 주어 키우게 하고는 젊은 궁녀를 총애하여 아들 주우州吁를 낳았다. 셋째 아들 주우는 무술을 좋아하고 교만하였으나 장공이 무척 총애하였다.

대부 석작石碏이 간하였지만 장공은 일소에 부치고 제대로 듣지 않았다. 석작의 아들 석후石厚는 하필 주우와 한패가 되어 야

단스럽게 돌아다녔다. 석작은 어느 날 못된 짓을 한 죄로 아들 석후에게 곤장 오십 대를 때리고 집안에 가두었다. 석후는 셋째 공자 주우의 힘을 믿고 몰래 담을 넘어 도망갔다.

5년 후 장공이 죽고 태자 완이 위 환공桓公으로 즉위하자 석작은 은퇴하여 고향으로 돌아왔다. 환공이 동생 주우의 교만과 방탕을 경고하고 화를 내자 주우는 불평불만을 품고 다른 나라로 도망갔다. 후에 천자인 주 평왕平王이 죽어 환공이 낙읍의 장례식에 참가하려고 성을 나서다가 미리 계획하고 매복하고 있던 주우의 일당에게 죽임을 당했다. 주우가 정권을 잡자 공자 진은 밤을 도와 형邢나라로 망명했다.

주우는 임금의 자리에 올랐으나 대신들은 따르지 않았고 민심도 따르지 않았다. 석후는 부득이 부친인 석작을 찾아가 해결 방안을 청했다. 석작이 말했다. "민심을 얻기 위해서는 제후의 임금 자리가 정당해야 하고 천자의 책봉冊封을 받아야 한다." 석후가 대답했다. "지금 천자가 책봉한 자는 위 환공인데 주우가 형을 죽이고 자리를 빼앗았으니 어떻게 직접 천자를 찾아가 책봉을 받을 수 있겠습니까?" 그제야 석작이 방법을 말했다. "진후陳侯는 천자의 신임을 받고 있는 친밀한 관계이니 주우가 직접 진나라를 찾아가 천자의 책봉을 받을 수 있도록 도와 달라고 하면 자연히 해결될 것이다."

석후는 그 말을 곧이듣고 기뻐하면서 물러 나와 즉시 예물을 준비하고 날을 잡아 주우를 모시고 진나라를 방문하였다. 석작은 이에 급히 혈서 한 통을 써서 심복에게 주어 한발 앞서 진나라로 보냈다. 위 환공과 공자 진은 모두 진나라 여자의 아들로서 진후와는 친밀한 관계였으므로 당연히 주우를 미워했다.

석작의 혈서를 받자 진후는 은밀히 준비하였다. 주우와 석후를 태묘에서 접견하기로 하고 그들이 들어서자 곧바로 포박하였다. 소식을 받은 석작은 위나라 대신들을 소집하여 후사를 논의하였다. 폭군 주우는 용서할 수 없지만 석후는 아버지 석작의 공로를 감안하여 죽음만은 면하게 하자는 논의가 있었다. 그 말에 석작은 정색을 하고 질타했다.

"나라의 대신으로서 반드시 공명정대하고 선공후사先公後私해야 합니다. 폭군을 도와 임금을 시해한 내 아들 석후를 살려 둔다면 후세의 난신적자亂臣賊子를 어떻게 막을 수가 있단 말입니까? 내 스스로 직접 처리하여 황천후토皇天后土와 선대 조상님들께 부끄

럽지 않도록 할 것입니다."

마침내 석작은 가신을 보내 아들을 처형하니 대의를 위해 친
아들을 죽이는 어려운 일을 실천하여 정의로운 그 이름이 천고
에 남게 되었다. 대의를 위해 사적인 정을 모두 뿌리치는 말로
대공무사大公無私, 육친불인六親不認 등의 말이 있다.

관포지교管鮑之交

관중과 포숙아 사이의 교제라는 뜻으로 친구의 어려운 사정
을 알아주고 진정한 능력을 높이 사서 돈독한 우정을 이어 가
는 따뜻한 이야기다. 춘추 시대 제나라의 관중과 포숙아는 어
려서부터 사귀던 친한 친구였다. 포숙아와 함께 공동으로 장사
를 했지만 이득은 관중이 더 많이 가져갔다. 누군가 관중을 비
난하면 포숙아는 "그의 집안이 어렵고 홀어머니를 모셔야 하니
그렇게 했을 것"이라고 감싸 주었다.

둘이 함께 전투에 참가하여 공격할 때도 관중은 항상 뒤에서
따르고 후퇴할 때 먼저 물러났다. 누군가 관중을 겁쟁이라고

비난을 하자 포숙아는 "그가 죽음을 겁내는 것이 아니고 집에 있는 노모를 모시기 위해서 그런 것"이라고 감싸 주었다. 관중은 포숙아의 말을 전해 듣고 감개무량하여 말했다. "나를 낳아 준 것은 부모님이지만 나를 진정으로 알아주는 지기知己는 포숙아다."

후에 관중은 공자 규의 스승이 되고 포숙아는 공자 소백의 스승이 되어 서로 대결하게 되었다. 소백이 이겨 제 환공이 되었을 때 포숙아는 관중을 추천하여 재상이 되도록 했다. 환공은 자신에게 화살을 쏜 관중을 미워하였으나 포숙아는 천하의 패자가 되려면 관중을 받아들여야 한다고 설득하였다. 제 환공은 마침내 관중의 보좌를 받아서 첫 번째로 춘추오패의 한사람이 되었다.

친구 사이에 생사를 초월한 진한 우정을 나타내는 고사성어로 양좌지교羊左之交가 있다. 전국 시대 연나라 양각애羊角哀와 좌백도左伯桃는 함께 초왕을 찾아가다가 양산에 이르러 폭설을 만나 둘이 함께 끝까지 가기 어려움을 알고 좌백도가 자신의 옷과 식량을 넘겨주고 스스로 남아 굶어 죽었다. 양각애는 마침내 초의 상경이 되어 찾아와 그를 장례 지내며 통곡하였다. 생사지교生死之交의 우정을 담고 있는 사연이다. 참고로 우리말에서 항상 쓰이는 죽마고우竹馬故友는 어린 시절 함께 지내던 동성 친구를 의미하지만 중국어에서 청매죽마青梅竹馬는 어린 시절에 격의 없이 함께 놀던 이성 친구를 말한다.

가도멸괵假道滅虢과 순망치한脣亡齒寒

가도멸괵은 길을 빌려서 괵나라를 멸망시키겠다는 뜻이고, 순망치한은 입술이 없어지면 이가 시리게 된다는 뜻이다. 춘추시대 진晉나라가 우虞나라에 값비싼 예물을 보내면서 괵虢나라를 치러 가는데 우나라의 길을 빌려 달라고 요구했다. 우나라의 대신이 간곡히 말리면서 말했다.

"우와 괵의 형세는 마치 입술과 치아의 관계라고 말할 수 있습니다. 입술이 없어지면 이가 시리게 될 것은 뻔한 이치입니다. 지금 강한 진나라에게 길을 빌려주어 괵나라를 멸하게 하면 반드시 우리 나라도 살아남기 어렵게 될 것입니다."

그러나 예물에 눈이 어두워진 우공虞公은 대신의 말을 듣지 않고 진나라의 요구에 응하고 말았다. 진나라는 괵나라를 멸하고 돌아오면서 결국 우나라도 멸망시켜 버렸다. '가도멸괵'의 이야기는 누군가를 이용하여 남을 해치고 나면 그 이용자마저 해치게 된다는 교훈을 담고 있다.

임진왜란 때 일본의 도요토미 히데요시[豊臣秀吉]는 길을 빌려 명나라를 정벌하겠다(征明假道)는 구실로 조선을 침공하였다. 명나라 조정에서는 곧 순망치한의 교훈에 따라 자국 변경의 안정을 위해 조선에 원군을 보내게 되었다. 순망치한은 순치상의唇齒相依라고도 하고 또 식식상관息息相關이란 말도 유사하게 쓰인다.

퇴피삼사退避三舍

싸움이 벌어지면 뒤로 90리의 거리를 물러나 후퇴하겠다는 뜻으로 앞으로 전쟁이 일어났을 때 우선 양보한다고 초나라 왕에게 약속한 진 문공의 이야기다. 춘추 시대 진나라의 공자 중이는 19년 동안이나 여러 나라를 전전하며 망명하였다. 천신만

고로 초나라에 갔을 때 성왕은 중이를 귀빈으로 예우하면서 은근히 물었다. "공자께서 앞으로 진나라로 귀국하게 되면 무엇으로 보답을 하시려고 하십니까?" 초왕으로서는 중이가 귀국하여 진공晉公이 되었을 때 영토라도 떼어 줄 것으로 기대하면서 그렇게 물었던 것이다.

그러나 중이는 이렇게 대답했다. "대왕께서는 수많은 미녀나 시종, 보물이나 비단을 소유하시고 진기한 새나 동물, 상아나 호피도 넘칠 것이 분명하옵니다. 초나라는 땅이 넓고 인걸이 뛰어나며 물산이 풍부하니 제가 감히 무엇으로 보답할 수 있겠습니까?" 초왕은 그래도 무엇으로 보답하겠느냐며 집요하게 물었다. 중이가 대답했다.

"만약 대왕의 은혜를 입어 무사히 진나라로 귀국하여 임금의 자리에 오르게 되면 귀국과 우호 관계를 이어 가겠습니다. 그러나 만약 중원에서 초나라와 진나라가 군대를 동원하여 피치 못할 싸움이 벌어졌을 때 저는 대왕의 공격을 피하여 삼사三舍의 거리인 90리를 물러나 후퇴하겠나이다."

초왕은 중이를 범상치 않은 인물로 여기고 진나라를 부흥시키고자 그를 예우하여 우선 진秦나라로 보냈다. 중이는 다시 진목공의 도움을 받아 진으로 돌아가 임금이 되니 그가 바로 춘추오패의 한 사람인 진 문공이다. 후에 진나라와 초나라의 성복 대전이 일어났을 때 문공은 그 약속대로 초왕의 공격을 피하여 삼사를 후퇴하여 진을 쳤다가 마침내 초군을 격파하였다. 제후들에게 약속을 지킨 진 문공은 동시에 이러한 작전상 후퇴를 통해 적군의 긴장을 늦추고 반격의 기회를 잡은 것으로 해석할 수 있다. 비슷한 말로 원이피지遠而避之가 있다.

진진지호秦晉之好

진秦나라와 진晉나라가 서로 혼인으로 인척을 맺으면서 우호관계를 유지하고 잘 지낸다는 뜻으로 신혼부부의 화합을 축하하는 의미로도 쓰이는 성어다. 진진秦晉은 서로 인접하여 오늘날 섬서와 산서를 핵심으로 하는 지역에 자리 잡고 상호 간에 오랫동안 적대 관계가 많았다. 그러나 정치적 필요에 의한 정략적인 혼인 관계를 추진하여 일정 기간 진진지호의 시기가 있었던 것도 사실이다.

진秦나라와 진晉나라가 우호 관계를 유지한 밀월 시기는 주로 진晉 헌공獻公에서 문공 시기라고 할 수 있지만 역시 복잡한 은원 관계가 그 속에 담겨 있었다. 당초 헌공의 딸 백희가 진 목공에게 시집갔다. 이때부터 진진지호가 시작되었다. 헌공은 태자 신생을 죽이고 어린 아들을 후계자로 삼았다. 다른 두 아들인 이오와 중이는 각각 외국으로 망명하였다.

이오의 자부姊夫인 진 목공은 먼저 이오를 도와서 진晉의 임금으로 세워 혜공이 되었지만 혜공은 땅을 할양한다는 약속을 어기고 우호를 배신하여 양국 관계에 금이 갔다. 결국, 혜공의 아들을 인질로 삼고 관계가 겨우 회복되었다. 목공의 딸 회영은 그 아들에게 시집을 갔다. 하지만 혜공의 아들은 도망쳐 나와 회공이 되었다. 진나라에서는 이에 격분하여 다시 중이를 도와서 진晉나라 임금으로 세웠으니 그가 곧 문공이었다. 진나라는 중이에게 다섯 여자를 딸려 보내기도 했는데 그중에는 회영도 들어 있었다. 문공에게는 질부姪婦인 셈이었지만 비가 되었다.

진진지호는 일시적인 현상을 나타낸 말이지만 효산崤山의 전쟁 이후로 진진 관계는 대대로 원수가 되고 말았다. 그때부터 오히려 진초지호秦楚之好가 시작되어 실제 외교 관계에서는 훨씬 더 오래 친밀한 관계가 유지되었다. 삼진이 분리되고 진나라의 동진으로 천하쟁패가 확대되면서 진진지호는 더 이상 나타날 수 없었다. 이 성어와 유사하게 부부간의 결합을 축하할 때 쓰는 용어로 천작지합天作之合, 금슬지호琴瑟之好, 백년지호百年之好, 이성지호二姓之好 등을 쓰기도 한다.

상경여빈相敬如賓

손님과 같이 부부간에 서로 공경한다는 뜻으로 임금에게 어진 인물을 추천하면서 부부의 모습으로 제시한 이야기다. 진문공이 충성스러운 신하 호모狐毛와 호언狐偃이 죽어서 크게 상심하자 대부 서신胥臣(혹은 구계臼季)이 새로운 인물을 추천하였다. 그는 출사를 나갔다가 밭에서 농부의 아내가 점심밥을 차려 와서 올리고 농부가 그것을 받아서 먹으며 서로 공경하는 감동적인 모습을 보고 공경할 수 있는 사람은 필시 덕을 갖추었다고 여겨 강력히 추천하였다.

그런데 알고 보니 그는 모반죄로 처형당한 극예郤芮의 아들인 극결郤缺이었다. 본래 기冀 땅의 봉지를 받았지만, 그 아비가 처형된 후 아들도 평민으로 강등되어 농부가 되어 있었던 것이다. 문공은 그 말을 듣고 꺼렸다. "어떻게 반역으로 처형된 자의 아들을 발탁할 수 있다는 말인가?" 그러나 대부 서신은 더욱 강력하게 설득했다.

"옛날 요순 같은 성인이라도 아들이 모두 불초하였고, 또 곤鯀은 요임금의 명으로 구 년 홍수를 막지 못하여 우산에서 처형되었지만, 아들 우禹는 마침내 홍수를 막아 내고 순임금에 이어 제위에 올라 성군이 되었으니 어질고 불초함이 반드시 부자상전되는 법은 없다고 할 수 있나이다. 주공께서는 어이 구악에 얽매어 새로운 인재를 버리려고 하시나이까?"

진 문공은 결국 상경여빈의 모습으로 덕이 있음을 보여 준 극결을 발탁하기로 하였다. 대부가 다시 말했다. "신은 극결이 도망가서 적국에 임용될까 심히 두렵나이다. 주공께서는 어서 빨리 사자를 보내어 그를 맞아들여 예로써 어진 이를 모시는 도리를 보여 주시기 바랍니다." 진 문공은 그 말에 잠영簪纓과 예복을 갖추어 극결을 영접하도록 했다. 진 양공 때 극결은 무장 침공자를 물리쳐서 공을 세웠다. 상경여빈의 모습은 이상적인 부부의 모습이지만 결국 일상생활 속에서 발견할 수 있는 덕 있는 사람의 모습을 대변하는 상징이 되었다.

부부의 관계가 서로 조화를 이루는 것으로 금슬지락琴瑟之樂이 있고 오래오래 화목하며 살아가는 것을 백년해로百年偕老라고 하지만 상경여빈과 가장 유사한 성어는 한나라 때 양홍梁鴻과 맹광孟光의 부부 사연이 깃든 거안제미擧案齊眉의 고사성어가 있다. 밥상을 눈썹 위까지 들어 올려 공손하게 바치는 아내의 모습이다.

일명경인—鳴驚人

한번 소리치면 세상 사람들을 놀라게 할 것이라는 뜻으로 초 장왕의 뛰어난 정치력이 늦게서야 발휘되었다는 이야기다. 초 장왕은 즉위하고 3년 동안 온종일 사냥을 하거나 술잔치만 열 고 정치에는 관심이 없었다. 조정의 일은 모두 약오若敖씨의 일 족이 맡아서 대리로 하고 있었다. 대신들의 간언도 듣지 않으며 심지어 궁문에는 "간언을 올리는 자는 용서 없이 처형하겠다"는 방까지 내걸었다. 어느 날 대부 오거伍擧가 장왕을 찾아갔다. 왕은 그때 손에는 술잔을 들고 입에는 사슴 고기를 씹으며 한창 넋을 놓고 가무를 감상하고 있었다. 대부가 들어오자 장왕은 눈을 가늘게 뜨고 물었다. "대부께서 이곳에 오신 것은 함께 술을 드시고 싶어서이신가요, 아니면 가무를 즐기고 싶어서이신가요?" 오거는 마침내 뼈 있는 한마디 비유를 했다.

"어떤 이가 저에게 수수께끼를 하나 냈는데 아무리 해도 맞힐 수가 없사옵니다. 특별히 대왕께 여쭙고자 하오니 한번 맞혀 봐 주시면 좋겠습니다. 수수께끼는 '초나라에 큰 새가 한 마리 있는데 조당에서 살면서 삼 년이 되도록 울지도 않고 날개도 펴지 않고 있으니 그게 도대체 무엇이냐'는 것입니다. 울지도 않고 날지도 않는 새가 무슨 새란 말입니까?"

왕은 그 말을 듣고 마음속으로 깨닫고 웃으면서 대답했다.

"내가 맞혀 보겠소. 그것은 보통의 새와는 다릅니다. 그 새로 말할 것 같으면 삼 년을 날지 않았지만 한번 날면 하늘을 뚫고 오를 것이며, 삼 년을 울지 않았지만 한번 울면 세상을 놀라게 할 것입니다. 대부께서는 한번 지켜봐 주시지요."

오거는 왕의 뜻을 알고 나서 기쁜 마음으로 물러났다. 과연 초 장왕은 그로부터 악대와 가무단을 해산시키고 주색을 멀리하며 직접 정치를 관장하기 시작하여 마침내 춘추오패의 한 사람으로 우뚝 서게 되었다. 일명경인과 가장 유사한 말은 초왕의 말에서 바로 앞 구절에 나오는 일비충천—飛衝天이다. 이밖에도 일거성명—擧成名, 일보등천—步登天 등의 구절이 상용된다.

절영보은絶纓報恩

어둠 속에서 다 같이 갓끈을 끊도록 하여 위기를 모면한 장수가 전쟁터에서 끝까지 분투하여 전쟁을 승리로 이끌었다는 보은의 이야기다. 초 장왕이 난을 평정하고 신하들과 함께 즐거운 연회를 열고 있었다. 날이 어둡고 술잔이 여러 순배 돌아서 다들 거나하게 취하였을 때 왕은 기분이 좋아져서 총애하는 허희를 불러내어 술을 따르도록 하였다.

이때 홀연 큰바람이 불어 대청의 촛불이 모두 꺼졌다. 좌중의 한 사람이 술김에 허희의 옷을 끌어당기며 몰래 희롱하고자 했다. 허희는 얼른 그의 관영冠纓을 잡아당겨 끊고서 어둠 속에서 소리쳤다. "어서 불을 켜 봐요. 저에게 무례한 짓을 하려는 사람의 갓끈을 끊었어요." 그러나 왕은 침착하게 말했다. "이 자리의 모든 사람은 관영을 끊도록 하라. 그리고 불을 켜도록 하라!" 허희는 불만이 가득했지만, 장왕은 오늘은 임금과 신하가 함께 즐기는 좋은 날이니 참으라고 다독이면서 잔치를 끝냈다. 그 잔치를 절영지연絶纓之宴이라고 한다.

그 후 초 장왕은 직접 군대를 이끌고 정나라를 침공했는데 뜻밖에도 매복에 걸려 위험한 지경에 빠지게 되었다. 이때 초군의 부장 당교가 단기필마로 용감하게 적군의 포위를 뚫고 왕을 구출하였다. 전쟁이 끝난 후에 왕이 그를 불러 칭송하며 상을 내리려고 하자 그는 정중하게 사양하면서 말했다.

"전하께서 총애하는 허희의 옷깃을 당겼던 자가 바로 소장이옵니다. 그때 전하께서 모두의 관영을 끊도록 하여 저의 목숨을 살

려 주셨으니 오늘 제가 목숨을 바쳐 전하의 은혜에 보답하려는
것은 당연한 일이옵니다."

세상에서는 아랫사람의 사소한 잘못을 너그럽게 용서하는
관대한 도량을 보여 주어 은혜의 보답을 받는 좋은 예로써 절
영보은의 이야기가 전해지고 있다. 이 이야기의 가장 간단한
초기 버전은 『한시외전韓詩外傳』에 실려 있는데 초나라와 진晉나
라의 전쟁으로 그려져 있고 그 장수가 분전하여 전쟁을 승리로
이끈 것으로 되었다. 여기서는 좀 더 상세하게 기록된 한나라
유향의 『설원說苑』「복은復恩」편의 이야기를 근거하였다.

동호직필董狐直筆

진晉나라 사관 동호董狐가 올곧게 기록한 춘추필법이란 뜻으
로 임금을 시해한 인물로서 그 책임자인 조순을 명확하게 지목
한 이야기다. 동호는 춘추 시대 진나라의 사관이다. 당시 진 영
공靈公은 포악한 군주였다. 상국 조순趙盾은 여러 차례나 충간을
했지만 전혀 들으려고 하지 않았다. 오히려 그러는 재상을 미

위하기 시작하여 몇 번이나 그를 제거하려고 계획했다.

임금이 자신을 죽이려고 한다는 걸 알고 조순은 화를 피하여 도성을 떠나 외지에서 머물렀다. 조순의 사촌 동생인 조천趙穿은 영공의 횡포를 참을 수 없어서 결국 심복 사병을 보내 폭군을 죽였다. 상국 조순은 외지에서 소식을 듣고 급거 경성으로 귀환하여 새로 임금 성공成公을 세우고 자신은 계속 상국을 맡았다. 사관 동호는 이 사건을 역사에 기록하면서 명확하게 이렇게 썼다. "조순이 그 임금을 시해하였다."

시해는 신하가 임금을 죽인 하극상의 대역무도한 죄가 된다. 이 구절이 공포되자 조순은 경악했다. 조순은 동호를 불러 임금을 죽인 것은 자신이 아니라고 극구 변명을 했다. 그러나 동호는 단호하게 말했다. "나라의 책임을 맡은 상국으로서 도읍을 떠났다고 하지만 국경을 넘지 않았고 귀환하여서는 임금을 시해한 범인을 즉각 처벌하지 않았으니 이번 임금 시해의 죄명을 당신이 책임지지 않으면 누구에게 뒤집어씌운단 말이오?" 조순은 이에 할 말을 잊었다.

훗날 공자는 동호를 옛날의 좋은 사관이라고 칭찬했다. 역사의 사史자는 공정한 입장에서 가운데 중中 자를 손手으로 잡고 있는 형상이라고 한다. 역사가는 불편부당한 입장에서 공정무사하게 기록하는 것을 생명처럼 여긴다. 동호직필 이후 많은 사가가 권력의 강압을 두려워하지 않고 역사를 올바르게 기록하려고 노력했다. 춘추필법春秋筆法은 역사의 잘잘못을 포폄의 기록으로 남겨서 후세에 교훈으로 삼고자 하는 것이다.

결초보은結草報恩

들판에 풀을 묶어 두어 도망가던 적의 장수가 걸려 넘어지게 함으로써 마침내 사로잡도록 하였다는 보은의 이야기다. 진晉 나라 대부 위무자魏武子는 병이 들자 아들에게 자신이 죽으면 자신의 애첩을 시집보내라고 후사를 당부하였다. 그러다가 병이 위중해졌을 때 다시 아들을 불러서 자신이 죽으면 애첩을 순장 시키라고 말했다.

그가 죽자 아들 위과魏顆는 부친의 애첩을 시집보냈다. 주위에서 왜 부친의 유언을 따르지 않았느냐고 힐문하자 그는 말했다. "사람이 병이 위중할 때는 정신도 혼미해집니다. 저는 부친께서 정신이 온전하실 때 하신 말씀에 따른 것입니다." 훗날 진晉나라와 진秦나라가 전쟁을 벌이게 되었다. 위과가 진나라 장수 두회杜回를 추격하는데 어떤 노인이 풀을 묶어 두어 두회가 걸려 넘어지는 바람에 위과는 그를 사로잡을 수 있었다. 밤에 위과의 꿈에 노인이 나타나서 말했다.

"저는 장군께서 시집보내신 그 여인의 아비 되는 사람입니다. 제 딸의 목숨을 살려 주신 은혜에 조금이라도 보답하기 위하여 오늘 그와 같은 일을 하게 되었습니다."

결초보은의 이야기는 그렇게 만들어졌다. 훗날 남북조 때 양梁나라의 양보楊寶가 꾀꼬리 날개를 고쳐 주었다가 옥구슬의 보은을 받았다는 이야기와 더불어 결초함환結草銜環의 성어로 함께 쓰이기도 한다. 함환銜環의 이야기는 흥부가 부러진 다리를 고쳐 준 제비가 이듬해 호박씨를 물어다 준 이야기에도 비견된다.

병입고황病入膏肓

병이 몸의 깊숙한 곳으로 파고들어서 더 이상 고칠 수 없는 단계에 이르렀음을 뜻하는 말이다. 춘추 시대 진晉 경공景公이 병이 들자 진秦나라에 의원을 청했다. 진 환공桓公은 의원 완緩을 보내 진맥하도록 했다. 아직 의원이 오지 않았을 때 경공은 꿈을 꾸었다. 꿈에 몸 안의 병이 두 어린아이로 변하여 대화를 하고 있었다.

"용한 의원이 온다고 하니 이제 우리는 살아남기 어렵게 되었구나."
"우리가 몸 안으로 숨어서 고膏의 위쪽과 황肓의 아래쪽에 숨어들면 아무리 용한 의원이라도 우리를 어쩔 수가 없을 것이다."

이후 의원이 와서 진맥을 시작했다. 한 손으로 경공의 맥을 짚고 한 손으로는 자신의 수염을 쓰다듬으며 눈을 감았다. 그리고 한참 후에 무거운 목소리로 말했다. "전하의 병은 이미 고칠 수가 없겠습니다. 병이 고황의 깊숙한 곳으로 들어갔으니 이제 침으로도 뜸으로도 약으로도 이를 다스릴 수가 없게 되었습니다."

경공은 그 말에 화가 치밀어 올랐으나 꿈속에서 들은 말과 너무나 흡사하였으므로 그를 신의라고 인정하고 후한 예물을 주어 고국으로 돌아가게 했다. 옛날 한의학에서는 심장의 끝인 심첨지방心尖脂肪을 고라 하고 심장과 횡경막 사이의 명치를 황이라 했다. '병입고황'은 병이 가장 깊숙이 파고들었다는 뜻으로 더 이상 고칠 수 없는 위중한 경우를 말하는 것이다. 이 말은 곧 불가구약不可救藥이라는 말과 같다.

빈지여귀賓至如歸

손님이 이르면 마치 제집으로 돌아온 것과 같이 느낄 수 있도록 편안하고 쾌적하게 대접한다는 뜻으로 손님 접대를 잘한다는 의미다. 춘추 시대 정鄭나라의 자산子産은 정 간공簡公의 명을 받아 진晉나라에 사신으로 갔다. 진나라 평공平公은 정나라를 무시하여 거들먹거리면서 사신을 영접하러 나오지도 않았다.

자산은 수행원들에게 진나라 영빈관의 담을 허물게 하고는 수레를 밀고 들어갔다. 진 대부 사문백士文伯이 자산을 탓하여 말했다. "우리 나라는 제후의 사신들 안전을 위하여 영빈관을 마련하고 담을 둘러싼 것인데 이를 허물었으니 손님의 안전은 누가 책임진단 말입니까?" 이에 자산이 답했다.

"우리 정나라는 소국이라 시간에 맞춰 조공을 하러 온 것인데 지금 귀국의 임금이 우리를 영접할 시간도 없으시다 하시니 저희가 가져온 예물을 직접 헌상할 수도 없고 그렇다고 예물을 바깥에서 그대로 햇볕에 드러나게 내버려 둘 수도 없었기 때문입니다.

제가 듣기에 진 문공이 천하의 맹주로 계실 때에는 제후의 사신을 맞이하는 법이 결코 이러하지 않았다고 합니다. 영빈관은 넓고 쾌적했으며 각국의 제후들은 마치 제집으로 돌아온 듯이 편안함을 느꼈다고 합니다.

지금 귀국의 궁전은 넓고 좋은데 영빈관은 천한 일꾼들의 숙소처럼 옹색하기만 하고 입구는 좁고 초라하여 수레가 들어가기도 비좁습니다. 손님이 와도 언제나 귀국의 임금을 알현할 수 있을지 알 수 없으니 이는 분명코 우리를 난처하게 만들고자 하는 것이 아닙니까."

사문백이 그 말을 진 평공에게 전하니 평공이 자산에게 결례를 사과하고 곧바로 영빈관을 수리했다고 한다. '빈지여귀'는 손님이 제집으로 돌아온 것과 마찬가지로 편안함을 느낄 수 있도록 쾌적하고 안락한 예우를 베푸는 것을 말한다. 세심하게 보살피고 관심을 기울이는 말로 관회비지關懷備至라는 말도 있다.

와신상담臥薪嘗膽

밤에는 거친 섶에 누워서 잠을 자고 쓴맛이 나는 쓸개를 걸어두고 때때로 맛을 보면서 항상 복수를 위해서 절치부심을 하고 있다는 의미다. 춘추 시대 오왕 합려는 월왕 구천을 공격하다가 오히려 패하여 중상을 입고 죽음에 이르게 되었다. 합려는 임종 때 아들 부차에게 반드시 복수할 것을 유언으로 남기고 죽었다.

2년 후에 오왕 부차의 공격으로 포위되자 구천은 자살하여 생을 마감하려고 했다. 이때 그의 신하 문종이 옆에서 말렸다. "오나라 신하 중에 백비가 있는데 재물을 탐하고 호색하니 그에게 뇌물을 주어 살아날 방도를 찾아보십시다." 문종은 보물을 싸 들고 가서 오왕 부차에게 헌납하면서 월왕의 항복 의사를 전했다. "월나라가 투항하여 오나라의 속국이 되고 구천이 스스로 대왕의 신하가 되어 모시고자 하오니 부디 용서하여 주시기 바랍니다."

그러자 곁에서 백비가 좋은 말로 거들어서 부차를 설득했다. 이때 오자서는 큰소리로 분명히 반대했다. "병을 고치려면 반드시 그 뿌리를 뽑아야 한다고 했습니다. 구천은 심려가 깊고 모략이 뛰어난 자이며 또 문종과 범려 같은 부하가 있으니 이번에 그들을 놓아 준다면 다시 언제 또 복수를 하러 올지 모릅니다." 그러나 오왕 부차는 이미 월나라는 이제 더 이상 우환거리가 안된다고 여기고 있었기에 오자서의 충간이 귀에 들어오지 않았다. 부차는 월나라의 항복을 받고 군대를 철수하여 돌아왔다.

구천은 처자와 대부 범려를 데리고 스스로 오나라에 찾아가 인질이 되어 오왕을 극진히 섬기며 종처럼 지냈다. 이때 천하절색인 서시西施를 비롯한 많은 미인을 오왕에게 바쳤다. 구천은 몸소 소와 양을 치면서 오왕의 환심을 사고 신임을 얻었다. 그리고 서시를 통해 오왕의 경계심을 최대한 늦추도록 했다. 오왕이 병이 걸렸을 때 구천은 오왕 부차의 변을 맛보며 병이 쾌차할 것이라고 말했다. 그러자 부차는 구천에 대한 의심을 풀고 진심으로 신뢰했다.

3년이 지나 그들은 석방되어 귀국할 수 있었다. 구천은 귀국 이후에 나라를 부강하게 하여 오나라에 복수하려고 굳은 의지를 불태웠다. 그는 스스로 마음이 해이해지지 않도록 저녁이면 병기를 베고 짚더미에서 자고 방 안에는 쓸개를 매달아 두고 매일 아침 일어나 쓴맛을 맛보면서 복수의 칼날을 갈았다. 문종에게 나라의 정사를 맡게 하고 범려에게는 군사를 훈련시키도록 하고 자신은 농토에 나가 농부와 함께 일을 하였다. 구천의 아내도 여느 아낙네들처럼 손수 베틀에 앉아 베를 짰다. 온 나라의 백성이 감동하여 일치단결하여 나라를 부흥시켜 10년의 노력 끝에 월나라는 마침내 부강한 나라가 되어 정예 병사를 갖추고 군량을 충족할 수 있었다.

한편 오왕 부차는 오로지 패자가 되려는 욕심 때문에 백성의 괴로움은 아랑곳하지 않았고 간신 백비의 말만 믿고 충신 오자서마저 죽여 버렸다. 부차는 욕심대로 끝내 제후의 패자가 되었지만, 영광의 순간도 잠시였을 뿐이었다. 오왕 부차가 대군을 이끌고 북벌에 나서서 진晉나라와 맹주 자리를 다투는 사이에 월왕 구천은 정병을 끌고 오나라를 습격하여 태자를 죽이고 도성을 점령하였다.

부차는 위급한 소식을 듣고 급거 귀국하여 어렵사리 강화를 요청했다. 하지만 4년 후 월왕 구천이 재차 침공하였을 때는 오왕 부차가 연전연패하여 강화를 요청했지만 범려는 오나라를 멸망시키고자 했다. 부차는 마침내 앞서 오자서의 충고를 듣지 않은 것이 후회막급이라고 하면서 스스로 칼을 뽑아 자결하고 말았다. 월왕 구천은 마침내 춘추 시대 마지막 패자가 되었다.

한편 와신상담의 이야기를 부왕 합려를 잃은 오왕 부차에게 부연하는 경우도 있다. 합려가 구천의 반격으로 중상을 입고 죽으면서 반드시 복수해 달라고 유언을 하고 죽었기 때문이다. 부차는 마굿간 같은 섶에서 잠자고 쓸개를 맛보면서 출입할 때마다 시종들에게 "아버지의 원수를 잊으셨나이까?"라고 소리치게 하여 복수의 의지를 굳건히 했다고 하였다. 또는『사기』에서처럼 와신으로 복수의 다짐을 하는 것은 부차이고 상담으로 복수를 꿈꾸는 것은 구천으로 묘사되기도 하였다. 그렇게 보면 '와신상담'의 이야기는 복수를 꿈꾸는 누구에게라도 적용할 수 있었던 고사라고 할 수도 있을 것이다.

역사 기록 중에『좌전』이나『국어』에서는 와신상담의 구절이 나오지 않고 『사기』「월왕구천세가」에 비로소 "상전현괘고담床前懸掛苦膽"이라는 구절이 나오지만, 와신臥薪이란 말은 없다. 『오월춘추』「구천귀국외전句踐歸國外傳」에 구천이 밤에 졸리면 쓴 나물 여뀌풀蓼로 눈과 코를 자극한다고 했는데 훗날 쓸개를 맛보는 일과 섶에서 잠자는 일로 만들어졌다. 북송 때 소동파蘇東坡가 「의손권답조조서擬孫權答曹操書」에서 손권에게 와신상담의 구절을 덧붙여 사용하였고, 남송 때 여조겸呂祖謙의 『좌씨전설左氏傳說』에서 오왕 부차에게 와신상담을 언급하였다.

명나라 양진어梁辰魚의 『완계사浣溪沙』 극본에서 구천의 와신상담으로 개편하였고, 풍몽룡의 『신열국지』에서 본격적으로 와신상담의 이야기를 부연하여 널리 전하게 했던 것이다. 그러므로 와신상담은 바로 『열국지』의 산물이었던 것이다. 비슷한 용어로 발분도강發憤圖强이나 함구인욕含垢忍辱과 같은 말이 있지만 와신상담과 같은 구체적인 사연을 보이지는 않는다.

토사구팽兎死狗烹

교활한 토끼가 죽고 나면 부리던 사냥개는 삶아진다는 뜻으로 어떤 일에 최대한 이용당하고 나서 쓸모없어지면 버림받게 된다는 원리를 담고 있는 이야기다. 월왕 구천을 도와서 오나라를 멸망시키고 구천의 복수를 성공적으로 이끌었던 범려는 오왕 부차가 죽고 도읍이 함락되자 곧바로 오호에 배를 띄워 자취를 감추었다. 자신이 목숨을 걸고 모셨던 구천의 관상이 고생은 함께 할 수 있어도 부귀영화를 함께 누리기는 어려운 사람이라고 판단했기 때문이다.

그는 월왕의 신하로서 재상을 지내던 자신의 친구 문종文種에게 편지를 남겨 이렇게 경고했다. "교활한 토끼 죽으면 부리던 사냥개 잡혀 죽고, 나는 새 다 잡히면 좋은 활을 창고에 넣는다(狡兔死, 走狗烹. 飛鳥盡, 良弓藏)." 문종은 설마 그러하랴 하고 머뭇거리다가 죽임을 당하고 말았다.

『사기』「월왕구천세가」에 나오는 범려의 이야기에서 '토사구팽'의 구절이 유래하지만 훗날에도 숱하게 많은 선례를 남기게 되었다. 오히려 범려의 사려 깊은 생각을 따르지 못하는 후세의 어리숙한 영웅들의 비참한 최후가 안타깝다. 범려는 월왕이 오나라를 멸한 직후에 월나라를 탈출하여 제나라로 가서 장사를 시작하여 막대한 부를 축적했다고 한다. 그에 따르면 범려는 도주공으로 이름을 바꾸고 유유자적한 노후를 보냈다고 한다. 제나라에서 재상 자리를 주겠다고 했지만 헛된 이름을 떨치려는 것이 곧 불행의 시작이라고 여기고 받지 않았다. 범려는 최고의 경지에 올랐을 때 그곳에서 벗어날 수 있는 혜안과 용기를 가진 인물이었다.

역사상 토사구팽의 예는 한나라 건국의 영웅에게서 여실히 보여 준다. 유방을 도와 항우를 물리치고 한漢나라 건국에 큰 힘이 되었던 한신韓信, 팽월彭越, 영포英布 등의 개국공신들은 끝내 토사구팽의 불운한 운명을 맞이하게 된다. 그들의 운명은 일찍부터 권력에 연연하지 않고 공성신퇴功成身退한 장량과 많이 대비된다. 장자방으로 알려진 장량은 뛰어난 지모와 원만한 인간관계로 한나라 건국을 도운 한초삼걸漢初三傑의 한 사람이었다.

토사구팽과 유사한 용어로는 범려가 문종에게 말한 두 번째 구절 조진궁장鳥盡弓藏이 가장 널리 쓰이지만 개울 건너고 다리 부순다는 과하탁교過河拆橋나 물고기 잡고 통발 잊는다는 득어망전得魚忘筌 등도 많이 활용된다.

계명구도鷄鳴狗盜

닭 울음소리와 개와 같이 능란한 도둑질을 뜻하는데 보잘 것없어 보이는 하찮은 재주도 결정적으로 유용하게 쓰임새가 있다는 점을 강조하는 이야기다. 전국 시대에 이름난 네 군자는 제나라 맹상군孟嘗君 전문田文, 위魏나라의 신릉군信陵君 위무기魏無忌, 조나라의 평원군平原君 조승趙勝, 초나라의 춘신군春申君 황헐黃歇 등을 말한다. 그들은 모두 선비들을 예우하고 빈객을 초치하여 지혜를 모은 인물이었다. 춘신군을 제외한 세 사람은 모두 군왕의 후예들이었다.

그중에서 계명구도의 이야기는 삼천 명의 식객을 둔 것으로 유명한 맹상군에 얽힌 고사다. 진나라 소양왕은 맹상군의 명망을 듣고 그를 진나라로 불러 승상으로 삼고자 했다. 하지만 대신들은 그가 제나라의 이익을 우선시할 것이니 진나라에는 불리할 것이라고 모함했다. 진왕은 본래의 생각을 바꿔 그와 그의 수하 식객들을 모두 연금시키고 말았다. 맹상군의 식객 중에는 재주 있는 사람이 많이 있었다.

맹상군은 소양왕이 총애하던 연희에게 부탁하여 목숨을 구

걸하고자 했다. 연희는 맹상군이 갖고 있던 귀중한 여우 털 외
투인 호백구狐白裘를 가져온다면 구명 운동을 해 보겠다고 했다.
그러나 맹상군이 가져온 유일한 호백구는 이미 소양왕에게 바
친 상태였다. 다시 그것을 구할 수는 없었다.

이때 한 식객이 개처럼 숨어 들어가서 호백구를 훔쳐 오겠다
고 제안했다. 그는 과연 소양왕의 보물창고에서 호백구를 훔쳐
왔다. 맹상군은 호백구를 왕의 총희에게 바치고 출입증을 얻어
낼 수 있었다. 맹상군 일행은 즉시 밤을 도와 함곡관 방향으로
말을 달렸다.

진나라의 국경인 함곡관에 닿은 것은 아직 새벽이 되기 전이
었다. 그런데 진나라의 법규에는 닭이 울어야 관문이 열렸다.
추격하는 군사가 있을 것을 걱정한 맹상군 일행은 모두들 마음
을 졸이며 걱정하고 있었다. 이때 수탉 울음소리를 기가 막히
게 내는 식객이 나서서 "꼬끼오, 꼬끼오!"하고 울어댔다.

그 소리에 주변에 있던 닭들이 모두 덩달아 새벽 울음을 울게
되니 관문을 지키는 병사가 눈을 비비고 나와 문을 열었다. 그
들은 마침내 무사히 함곡관을 빠져나갈 수 있었다. 날이 밝자
소양왕은 맹상군이 도망친 것을 알고 급히 사람을 보내 뒤쫓았

지만 이미 국경을 떠난 지 오래였다. '계명구도'의 이야기는 맹상군이 재주 많은 다양한 선비를 가리지 않고 식객으로 맞아들여 꼭 필요할 때 유효적절하게 활용하는 상황을 잘 보여 주고 있다.

화씨지벽 和氏之璧과 완벽귀조 完璧歸趙

초나라 화씨和氏가 귀중한 벽옥을 바쳤지만, 왕이 그 진가를 알아보지 못하고 오히려 그에게 형벌을 가하였다는 이야기다. 초나라의 변화卞和가 형산荊山에서 박옥을 구하여 초 여왕厲王에게 바쳤다. 초왕은 그것을 옥장에게 주어 살펴보라고 했다. 옥장은 그것이 보통의 돌일 뿐이라고 말했다. 왕은 그를 사기꾼으로 여겨서 그의 왼쪽 발꿈치를 잘랐다. 초 무왕武王이 즉위하자 변화가 다시 옥을 바쳤지만 옥장의 말을 믿고 역시 그를 사기꾼으로 몰아 그의 오른쪽 발꿈치를 잘랐다. 문왕文王이 즉위했을 때 변화는 박옥을 끌어안고 눈물이 마르도록 며칠 동안 통곡했다. 문왕이 불러서 그 까닭을 물었다.

"제가 가슴 아파하는 것은 저의 두 다리가 잘렸기 때문만은 아닙니다. 제가 가진 이 보옥이 한낱 돌덩이로 여겨지는 것을 슬퍼하는 것이고 올곧은 사람이 한낱 사기꾼으로 치부되고 있는 것에 슬퍼하는 것입니다."

문왕이 옥장을 불러 그 박옥을 다듬어 보도록 했다. 마침내 안에서 천하의 진귀한 벽옥이 나왔고 그 보옥은 '화씨지벽和氏之璧'이라 명명되었다. 이는 천하의 진기한 인재들이 간신배의 방해로 제대로 쓰이지 못함을 비유하고 있다. 이 이야기는『한비자』의「화씨」편에 기록되어 있다. 한비자는 이사李斯의 질투를 받아서 진시황에게 제대로 진가를 발휘하지 못하고 옥중에서 독살당했다.

변화는 변성卞姓에 화씨和氏다. 그러므로 화씨지벽이라고 부른 것이다. 본래 성은 모계사회부터 내려온 종족의 이름이고 씨는 분화된 이후의 칭호다. 초기 성에 대부분 여女자가 들어 있는 것은 동일한 여성 조상을 가진 후손이라는 의미였다. 이전에는 성과 씨가 구분되어 있었지만 전국 시대에 종법 제도가 와해되면서 씨가 변하여 성이 되었다.

여기에 이어 '완벽귀조完璧歸趙'의 이야기와 화씨 벽의 후일담을 보기로 한다. 형산의 벽옥에서 나온 화씨 벽은 초나라의 국보가 되어 소중하게 다루어졌다. 후에 초왕이 조趙나라에 청혼할 때 화씨 벽을 보냈다. 조나라에서 화씨 벽을 가지고 있다는 소식을 들은 진나라는 15개의 성과 바꾸자는 제안을 하였다. 당시 조나라는 그 제안의 진심이 의심스러웠지만, 국력이 약하여 무조건 거부할 수도 없었다.

　지략이 뛰어난 인상여가 화씨 벽을 가지고 진나라를 찾아가 진왕을 만나 진의를 파악했다. 15개 성을 진정으로 내놓을 뜻이 없음을 확인한 인상여는 화씨 벽을 은밀히 조나라로 돌려보내고 슬기롭게 대처했다. 이것이 '완벽귀조'의 이야기다. 화씨 벽을 빼앗기지 않고 조나라로 돌아왔다는 의미다. 그러나 결국 조나라는 망하였고 진나라로 통일이 되었으므로 화씨 벽은 진나라 소유가 되었다.

　진나라는 화씨 벽으로 옥새를 만들었다. 옥새에는 이사가 쓴 글자 '수명우천受命于天, 기수영창旣壽永昌'이 소전체로 새겨졌다. 옥새는 진나라가 망할 때 유방劉邦에게 바쳐졌다. 이후 새로 세워진 나라로 차례로 전해지면서 전국옥새傳國玉璽라고 부르게 된다. 한말 동탁董卓이 낙양을 불태우고 장안으로 천도한 직후에 군대를 끌고 낙양성에 진입한 손견孫堅에게 발견되었고 후에 아들 손책孫策은 군사를 지원받기 위해 옥새를 원술에게 넘겼다.

원술이 한때 스스로 황제로 칭한 것은 이 옥새를 얻었기 때문이었다. 그 후 조조의 손에 넘어갔고 위진魏晉을 거쳐 한때 북조로 옮겨졌다가 남조로 돌아왔다. 수隋나라가 진陳을 멸할 때 소태후蕭太后가 가지고 돌궐로 도망했다가 당唐 태종 때 당나라로 귀속되었다. 그러나 당말 이후 오대를 거치면서 천하대란의 시기에 없어졌다고 한다.

부형청죄負荊請罪

가시나무 회초리를 등에 지고 찾아가서 용서를 빌면서 매를 맞겠다고 자청한다는 의미다. 춘추 시대 조趙나라의 염파와 인상여의 고사에서 유래한다. 두 사람은 조나라의 동량으로서 나라를 위해 높은 관직을 맡고 있었는데 인상여가 화씨 벽을 온전하게 가지고 돌아온 '완벽귀조'의 공을 세워서 상경上卿으로 봉해지는 바람에 염파보다 높은 관직이 되었다.

염파는 속으로 은근히 불만을 품고 그의 공적을 인정하지 않으며 노골적으로 인상여의 면전에서 모욕을 주곤 하였다. 하지만 인상여는 개인적인 불쾌감을 속으로 삼키고 나라의 안정과 평화를 위해 뒤로 물러서며 직접 다투려고 하지 않았다. 주변 사람들은 인상여가 겁쟁이라고 여겼다. 인상여가 말했다.

"호랑이 같은 진秦나라가 우리 조나라를 감히 쳐들어오지 못하는 것은 나와 염파 장군이 함께 지키고 있기 때문이다. 내가 염파 장군의 모욕에도 꾹 참고 견디는 것은 국가의 안위를 첫째 염두에 두고 개인 간의 사소한 감정은 그다음으로 여기기 때문이다."

염파가 그 말을 전해 듣고 잘못을 크게 깨우치고 부끄러워하면서 웃옷을 벗고 가시나무를 등에 진 채 인상여를 찾아가 직접 용서를 구하면서 죄를 달게 받겠으니 회초리로 자신에게 매를 쳐 달라고 청했다. '부형청죄'는 이로부터 자신의 잘못을 뉘우치고 사죄하는 사자성어가 되었다.

『수호전』에서 흑선풍 이규李逵는 평소에 존경하기 그지없는 호보의 송강宋江이 유태공의 딸을 납치했다는 소식을 잘못 전해 듣고 양산박에 돌아와 '체천행도替天行道'의 행황杏黄 깃발을 찢고 송강 앞에서 도끼를 휘두르는 등 행패를 부렸다가 그 소식이 가짜 송강이 벌인 일임을 알고 나서 염파와 같이 '부형청죄'를 하며 백배사죄를 하였다. 이규의 난동은 직설적이고 정의감에 투철한 그의 성격을 잘 보여 준다. 이 성어는 옷을 벌거벗고 가시나무를 진다는 뜻으로 육단부형肉袒負荆으로 쓰기도 하고 스스로 잘못을 인정하고 자기 비판을 한다는 의미로 인구자책引咎自責이라고 쓰기도 한다.

이상 선별한 고사성어는 대체로 『열국지』의 이야기 속에 나타나는 것이며, 시대적 배경을 갖추고 사건과 인물이 드러나는 경우로 뽑아 보았다. 이 밖에도 춘추 전국 시대를 배경으로 나온 고사성어로는 활을 잘 쏘는 초나라 양유기養由基의 이야기 백발백중百發百中, 우연히 얻은 토끼를 보고 나무 그루터기에서 다음 토끼를 기다리는 게으른 농부 이야기 수주대토守株待兔, 공연한 덧칠로 쓸모없는 일을 하는 화사첨족畫蛇添足, 남의 흉내만 내는 오나라 여자 이야기 동시효빈東施效矉, 변통을 모르고 우직하게 행동하는 초나라 사람 이야기 각주구검刻舟求劍 등이 있다. 고사성어는 그 배경에 얽힌 사연을 이해하고 또 그로부터 우리에게 주는 지혜를 얻을 수 있다는 장점 때문에 오래오래 전해지고 있다.

에필로그

춘추 전국 시대의 역사적 흐름을 오롯이 보여 주는 역사 연의 소설 『열국지』는 550년간의 방대한 역사적 사건과 인물의 행적을 핍진하게 그려 내고 있다. 역사 연의 소설은 파란만장한 역사를 보여 주고 있지만 소설적 흥미와 감동을 함께 전달하고 있어서 사서史書의 무미건조한 서술과는 판이하게 다르다고 할 수 있다. 다만 소설가의 독특한 관점에 따른 취사선택에 의하여 역사 사건의 경중과 다과의 구분이 있으며 특정 인물과 사건에 집중하거나 새로운 에피소드를 가미하는 차이가 있을 수 있다.

『열국지』는 명나라 때 여소어와 풍몽룡을 거쳐 본문이 완성되었고 청나라 때 채원방에 의해 평점이 추가되고 간행되어 널리 전파되었다. 명대 『열국지』의 작가가 생각하는 춘추 전국 시대는 중국 문명 최초 번영의 시기로서 중국의 정치, 사회, 군사, 문화, 사상의 발전을 이룩한 기념비적인 시대이면서 봉건 제후의 치열한 경쟁 속에서 왕권이 실추되고 정치적 모략과 침탈이 만연된 시기였다. 위정자들은 생사의 갈림길에서 부국강병의 목표를 달성하기 위하여 현명하고 능력 있는 신하를 널리 구하고자 하였다. 대의명분을 내세워 주나라 왕실을 보호하는 패자로서의 위상을 공고히 하고자 하였고, 이방인을 배척하기 위해 중화를 높이고 만이蠻夷를 배척하는 태도를 확산시켰다.

춘추 전국 시대에는 제자백가가 등장하였고 제각각 자신의 능력을 드러내어 나라의 쓰임에 소용되기를 기대했다. 그중에서 유교 사상은 오랫동안 공허한 이론으로 비판받았지만 많은 경전 속에서 합리적인 생각을 제시하며 인간과 인간의 관계를 올바르게 정립하고자 했다. 공자는 춘추 말기에 노나라에서 활약하였고 이상적인 정치를 펼쳐 보기 위해 주변 여러 나라를 주유하면서 유세를 하였지만, 제후들은 현실적인 부국강병의 목표를 향해 달려가고 있었으므로 어지러운 세상은 더욱 혼란스러워져서 약육강식의 전란 시기인 전국 시대로 치닫고 있었다.

그러므로 훗날 공자의 사상을 이어서 받들어 세운 맹자의 유세도 크게 소용되지 못했다. 그러나 당시에 실패한 유교 사상은 진시황의 통일제국이 단명하고 새로운 제국 한나라가 만들어졌을 때 서서히 각광을 받기 시작하였다. 이는 물론 훗날의 얘기다. 그러한 까닭에 송나라 이후 역사 연의의 이야기를 흥미진진하게 꾸며 내던 설화인들에게 동주 시대 제후들의 각축을 둘러싼 역사는 곧바로 설화의 대상이 되었다.

춘추 전국 시대는 중국 역사상 분명히 오랜 혼란기로서 난세의 시대이지만 훗날 역사를 살펴보려는 문인들에게 반면교사로서 작용하였고 정치가들에게는 좋은 본보기가 되었다. 하지만 혼란의 와중에서 치열한 경쟁 사회가 만들어 낸 빛나는 문명을 남겼고 폭넓은 중국 문화의 기반을 마련하게 되었다.

『열국지』는 역사 소설로서 우리에게 춘추 전국 시대의 파란만장한 역사의 흐름을 한눈에 보여 주면서 그 역사의 소용돌이에서 빛나는 인간학의 정수를 드러내고 있다. 인의와 예악이 무너지고 있던 혼란의 시기에 오히려 인의와 도덕을 지키고 충효와 우애를 간직한 빛나는 보석 같은 인물도 나타난다. 난세에 태어난 많은 영웅호걸이 어떻게 세상의 물결을 헤쳐 나가는지, 어진 군주는 어떻게 현명한 인재를 구하는지, 어진 재상은 어떻게 백성을 도탄에서 구하고 부국강병의 강대국으로 만들어 가는지를 하나씩 보여 준다. 나라의 흥망과 생존을 위해 어떻게 견디고 단련하며 천하의 패권을 잡기 위해 어떻게 기상천외한 계략과 책략을 꾸미는지 수많은 에피소드와 삶의 지혜를 보여 준다. 『열국지』는 또한 소설로서 다양한 이야기 요소를 적재적소에 배치하고 사건의 기승전결을 만들어 독자를 이끌고 있다. 소설은 인물을 생생하게 살아 있게 만들고 사건을 입체적으로 보여 준다. 이것이 역사 연의 소설이 독자들로부터 지금까지 사랑받고 있는 진정한 까닭이다.

참고문헌

김구용, 『동주열국지』, 민음사, 1995.

김영문, 『동주열국지사전』, 글항아리, 2015.

신동준, 『열국지사상열전』, 을유문화사, 2015.

이중톈 지음, 김택규 옮김, 『춘추에서 전국까지』, 글항아리, 2014.

최이산, 『이산열국지』, 신서원, 2003.

풍몽룡 지음, 이항규·남종진 편역, 『한 권으로 독파하는 열국지』, 동해, 2001.

풍몽룡 지음, 채원방 정리, 김영문 옮김, 『동주열국지사전』, 글항아리, 2015.

三國志

[세창명저산책]

세창명저산책은 현대 지성과 사상을 형성한 명저를 우리 지식인들의 손으로 풀어 쓴 해설서입니다.

001 들뢰즈의 『니체와 철학』 읽기 · 박찬국

002 칸트의 『판단력비판』 읽기 · 김광명

003 칸트의 『순수이성비판』 읽기 · 서정욱

004 에리히 프롬의 『소유냐 존재냐』 읽기 · 박찬국

005 랑시에르의 『무지한 스승』 읽기 · 주형일

006 『한비자』 읽기 · 황준연

007 칼 바르트의 『교회 교의학』 읽기 · 최종호

008 『논어』 읽기 · 박삼수

009 이오네스코의 『대머리 여가수』 읽기 · 김찬자

010 『만엽집』 읽기 · 강용자

011 미셸 푸코의 『안전, 영토, 인구』 읽기 · 강미라

012 애덤 스미스의 『국부론』 읽기 · 이근식

013 하이데거의 『존재와 시간』 읽기 · 박찬국

014 정약용의 『목민심서』 읽기 · 김봉남

015 이율곡의 『격몽요결』 읽기 · 이동인

016 『맹자』 읽기 · 김세환

017 쇼펜하우어의
『의지와 표상으로서의 세계』 읽기 · 김 진

018 『묵자』 읽기 · 박문현

019 토마스 아퀴나스의 『신학대전』 읽기 · 양명수

020 하이데거의
『형이상학이란 무엇인가』 읽기 · 김종엽

021 원효의 『금강삼매경론』 읽기 · 박태원

022 칸트의 『도덕형이상학 정초』 읽기 · 박찬구

023 왕양명의 『전습록』 읽기 · 김세정

024 『금강경』·『반야심경』 읽기 · 최기표

025 아우구스티누스의 『고백록』 읽기 · 문시영

026 네그리 · 하트의 『제국』·『다중』·『공통체』
읽기 · 윤수종

027 루쉰의 『아큐정전』 읽기 · 고점복

028 칼 포퍼의
『열린사회와 그 적들』 읽기 · 이한구

029 헤르만 헤세의 『유리알 유희』 읽기 · 김선형

030 칼 융의 『심리학과 종교』 읽기 · 김성민

031 존 롤즈의 『정의론』 읽기 · 홍성우

032 아우구스티누스의
『삼위일체론』 읽기 · 문시영

033 『베다』 읽기 · 이정호

034 제임스 조이스의
『젊은 예술가의 초상』 읽기 · 박윤기

035 사르트르의 『구토』 읽기 · 장근상

036 자크 라캉의 『세미나』 읽기 · 강응섭

037 칼 야스퍼스의
『위대한 철학자들』 읽기 · 정영도

038 바움가르텐의 『미학』 읽기 · 박민수

039 마르쿠제의 『일차원적 인간』 읽기 · 임채광

040 메를로-퐁티의 『지각현상학』 읽기 · 류의근

041 루소의 『에밀』 읽기 · 이기범

042 하버마스의
   『공론장의 구조변동』 읽기 · 하상복

043 미셸 푸코의 『지식의 고고학』 읽기 · 허 경

044 칼 야스퍼스의 『니체와 기독교』 읽기 · 정영도

045 니체의 『도덕의 계보』 읽기 · 강용수

046 사르트르의
   『문학이란 무엇인가』 읽기 · 변광배

047 『대학』 읽기 · 정해왕

048 『중용』 읽기 · 정해왕

049 하이데거의
   「"신은 죽었다"는 니체의 말」 읽기 · 박찬국

050 스피노자의 『신학정치론』 읽기 · 최형익

051 폴 리쾨르의 『해석의 갈등』 읽기 · 양명수

052 『삼국사기』 읽기 · 이강래

053 『주역』 읽기 · 임형석

054 키르케고르의
   『이것이냐 저것이냐』 읽기 · 이명곤

055 레비나스의 『존재와 다르게—본질의 저편』
   읽기 · 김연숙

056 헤겔의 『정신현상학』 읽기 · 정미라

057 피터 싱어의 『실천윤리학』 읽기 · 김성동

058 칼뱅의 『기독교 강요』 읽기 · 박찬호

059 박경리의 『토지』 읽기 · 최유찬

060 미셸 푸코의 『광기의 역사』 읽기 · 허 경

061 보드리야르의 『소비의 사회』 읽기 · 배영달

062 셰익스피어의 『햄릿』 읽기 · 백승진

063 앨빈 토플러의 『제3의 물결』 읽기 · 조희원

064 질 들뢰즈의 『감각의 논리』 읽기 · 최영송

065 데리다의 『마르크스의 유령들』 읽기 · 김보현

066 테야르 드 샤르댕의 『인간현상』 읽기 · 김성동

067 스피노자의 『윤리학』 읽기 · 서정욱

068 마르크스의 『자본론』 읽기 · 최형익

069 가르시아 마르께스의
   『백년의 고독』 읽기 · 조구호

070 프로이트의
   『정신분석 입문 강의』 읽기 · 배학수

071 프로이트의 『꿈의 해석』 읽기 · 이경희

072 토머스 쿤의 『과학혁명의 구조』 읽기 · 곽영직

073 토마스 만의 『마법의 산』 읽기 · 윤순식

074 진수의 『삼국지』 나관중의 『삼국연의』
   읽기 · 정지호

075 에리히 프롬의 『건전한 사회』 읽기 · 최흥순

076 아리스토텔레스의 『정치학』 읽기 · 주광순

077 이순신의 『난중일기』 읽기 · 김경수

078 질 들뢰즈의 『마조히즘』 읽기 · 조현수

079 『열국지』 읽기 · 최용철

· 세창명저산책은 계속 이어집니다.